김종철 시의 매혹

김 종 철
시 인 의
작품 세계
05

김종철 시의 매혹

유성호

문학수첩

김종철 시인의 작품 세계
발간에 즈음하여

김종철 시인이 우리 곁을 떠난 지 이제 6년이 되었다. 그럼에도 그가 여전히 우리 곁에 있다는 느낌을, 우리와 함께 호흡하고 있다는 느낌을 떨칠 수 없다. 이는 우리 곁에 그의 시가 있기 때문이다. 김종철 시인은 우리네 평범한 사람들이 삶을 살아가는 동안 마주해야 하는 아픔과 슬픔을, 기쁨과 즐거움을, 부끄러움과 깨달음을 특유의 따뜻하고 살아 있는 시어로 노래함으로써 시의 본질을 구현한 시인으로, 우리 곁을 떠났지만 그는 시를 통해 여전히 우리 곁에 머물러 있는 것이다.

하지만 그가 우리 곁을 떠났다는 엄연한 사실을 어찌 끝까지 외면할 수 있으랴. 이를 외면할 수 없기에 그와 가깝게 지내던 몇몇 사람이 모여 '김종철 시인 기념 사업회'를 결성했고, 시인의 살아생전 창작 활동과 관련하여 나름의 정리 작업을 시도하자는 데 뜻을 모은 것이 오래전이다. 네 해 전에 가족의 도움을 받아 이숭원 교수가 주관하여 출간한 『김종철 시 전집』(문학수첩, 2016)은 그와 같은 작업의 결실 가운데 하나다.

김종철 시인 기념 사업회는 여기서 그치지 않고 시인의 작품 세계에 대한 이제까지의 논의를 정리하는 작업과 함께 새로운 논의를 촉진하기 위한 시도를 병행하기로 뜻을 모았다. 그러한 작업의 일환으로 우선 이제까지 이어져 온 김종철 시인의 작품 세계에 대한 논의를 정리하여 매년 한 권씩 소책자 형태로 발간하기로 했다. 그리고 그런 작업의 첫 결실로 앞세우고자 하는 것이 김종철 시인과 둘도 없는 친구 사이였던 김재홍 교수의 김종철 시인 작품론 모음집인 『못의 사제, 김종철 시인』이다.

김종철 시인의 작품 세계 발간 작업은 매년 시인의 기일에 맞춰 한 권씩 발간하는 형태로 진행될 것이다. 가능하면 발간 사업의 첫 작품인 김재홍 교수의 평론집과 같이 논자별로 논의를 모으는 형태로 이루어질 것이며, 필요에 따라 여러 논객의 글을 하나로 묶는 형태로도 진행될 것이다. 아울러, 새로운 비평적 안목을 통해 새롭게 시인의 작품을 읽고 평하는 작업을 장려하는 일에도 최선을 다할 것이며, 이 같은 일이 결실을 맺을 때마다 이번에 시작하는 시리즈 발간 작업을 통해 선보이고자 한다.

　많은 분들의 애정 어린 관심과 질책과 지도를 온 마음으로 기대한다.

2020년 5월 말 그 하루 무덥던 날에
김종철 기념 사업회의 이름으로
장경렬 씀

지상에 마지막으로 번져 가는 저녁노을처럼

김종철 선생은 자신의 치유를 믿고 2014년 3월 한국시인협회 회장에 당선되어 마지막 정열을 불태웠다. 다시 건강이 악화되어 예정했던 이란Iran 방문이 취소되었다는 소식이 들렸는데 돌연 7월 5일 저녁 김병호 시인으로부터 온 '김종철 시인 별세'라는 문자 메시지가 스마트폰 화면에 떴다. 나는 바로 달려갔다. 아직 삼성병원 장례식장은 준비가 덜 되어 있었다. 대학에서 동문수학했던 감태준, 이시영 선생과 근처 식당에서 늦은 밤까지 마시고 있었는데, 자정이 넘자 영정도 도착하고 조화도 준비되었다. 나는 다시 한번 영정 앞에 엎드렸다. 벌써 10년 전 일이다.

선생은 가끔씩 "깨놓고 말해서"라는 솔직 어법을 구사하곤 했다. 그것은 속이 통하는 이들과는 흉허물 없이 지내고 싶다는 일종의 프러포즈 같은 것이었을 터이다. 참으로 깨놓고 말해서, 영정 속 선생의 얼굴은 그 호탕한 웃음소리와 좌중을 압도하는 음성을 그대로 들려줄 것만 같았다. 선생이 창간했고 심혈을 기울인 계간 『문학수첩』에서 나는 4년간 편집위원을 하면서 선생을 모셨다. 감사하고 애틋하고 아득한 시간이었다.

두루 알다시피 선생은 죽음을 맞이하는 동안에도 참으로 열정적인 시작詩作을 거듭했다. 병상에서도 유머를 잃지 않았던 선생은 끝끝내 '시인'이었다. 그 말년의 열정이 유고시집 『절두산 부활의 집』(문학세계사, 2014)에 빼곡하게 들어차 있다. 이 시집에는 타계 직전까지 태작 한 편 없이 자신의 삶과 죽음을 갈무리한 선생의 시인으로서의 정성스러운 손길과 음성이 지상에 마지막으로 번져 가는 저녁노을처럼 감동적으로 흐르고 있다.

무릇 기억이란 몸속에 남아 있는 흐릿한 잔상이자 끔찍한 물질 같은 것이어서, 대체로 명료하지 못하고 더구나 과장과 단순화가 심하게 마련이다. 그럼에도 나는 기억에 의존하여 선생을 재구성해 본다. 한편으로 기억이란 어떤 기록보다 오히려 선명하지 않은가. 많은 자료와 작품이 남아 있고 또

많은 이들의 기억 속에 선생은 이미 상수로 존재한다. 그러나 내게도 선생의 어떤 면모가 고유하게 남아 있을 것만 같다. 아닌 게 아니라 내게 김종철 시인은, 선생의 이름자처럼, 견고한 각인으로 남아 있다. 아니 그와 정반대로 호활한 웃음과 따뜻한 성정性情으로 더 깊이 남아 있다. 나는 그 기억의 한 켠을 말함으로써, 선생이 그토록 갈망했던 천상에서의 평화를 기원하면서, 선생을 다시 한번 흠모하고자 한다.

선생은 이미 사라져 버린 것들에 대한 절실한 기억을 통해 서정시의 독자적 수원水源을 매우 또렷하게 보존해 온 시인이다. 지금은 부재하는 것들을 하나하나 재현하면서 이제는 그러한 시간을 되돌릴 수 없다는 그리움을 김종철 브랜드로 노래하였다. 그런가 하면 우리는 모든 기억이 과거의 사실적 재현이 아니라 현재형에 의해 재구성되는 것이라는 점에서, 선생의 기억 또한 그의 현재형과 퍽 닮아 있다고 말할 수 있다. 지난 시간을 일일이 호명하면서 선연한 기억으로 존재의 근원을 탐색해 간 선생의 시편들은 그렇게 잃어버린 세계를 순간적으로 탈환하고 새로운 세계로 나아가려는 시인 자신의 현재적 의지를 줄곧 보여 주었다 할 것이다.

선생을 아는 사람은 이미 잘 아는 일이지만, 원체 선생은 둔사나 췌사가 없는 단도직입의 사람이었다. 불필요한 복선이나 에두르는 화법이나 장황한 도입부를 선생은 극도로 혐오하였다. 빼고 더할 게 없는 분명하고도 완결된 의미론을 선호하였다. 그렇다면 시인으로서의 김종철 역시 둔사나 췌사 없이 단순하고 선명하게 기억되어야 한다. 단서를 둔 유예 조항을 일체 소거하고 말한다면 선생은 오로지 '시'와 '가족'과 '믿음' 그리고 '일'에 헌신했던 사람이다. 이 길지 않은 글은 그러한 선생의 삶과 시력詩歷을 충실하게 따라가면서, 선생이 남긴 작품들과 어쩔 수 없이 남아 버린 선생의 성정 혹은 웃음의 결을 매만져 보려는 것이다. 그런 과정을 통해 김종철 시의 매혹魅惑이 천천히 공감적 영역을 넓혀 가리라 기대해 본다.

2024년 5월
유성호

목차

'시인 김종철'의 성장기

일촌一寸 김종철金鍾鐵은 음력으로 1947년 2월 18일, 아버지 김재덕金載德 님과 어머니 최이쁜崔入粉 님 사이에서, 부산 서구 초장동 3가 75번지에서 3남 1녀 중 막내로 출생하였다. 위로는 큰형님 종석鍾錫, 누님 무순戊順, 둘째 형 종해鍾海가 계셨다. 유년 시절, 갈매기가 날고 등대가 내려다보이는 송도 언덕 위에 남부민초등학교가 있었는데, 천막으로 세워진 임시 가교라서 산비탈 동네에는 피난민들이 많이 모여들었다. 충무동 자갈치 시장에는 서울 말씨와 고래고기가 유난히 흔했다. '서울내기 다마내기 맛 좋은 고래고기'는 학교에 들어가기 전에 아이들과 어깨동무를 하며 어린 종철이 부른 유일한 노래였다고 한다.

1955년 초등학교 2학년 여름 방학이 가까워 오던 저녁 무렵, 아버지가 돌아가셨다. 그리고 몇 년 후 소년 김종철은 서대신동 구덕산 중턱에 소재한 대신중학교에 입학한다. 입학금과 교복 살 돈이 없어 쩔쩔매던 어머니 모습이 오래도록 선하게 남았다. 그 무렵 결혼한 지 얼마 되지 않은 누님이 돈을 마련해 주었다는 얘기를 언뜻 들었다.

1961년 8월 부산 중앙성당에서 혼자 영세를 받았다. 세례명은 아우구스티노. 그는 한 수녀님의 교리 공부 모습이 잊히질 않는다고 했다. 수녀님은 "다른 사람의 가슴에 못을 박을 일을 하지 마라"라고 했다는 것이다. 못은 빠졌지만 상처는 지워지지 않는다는 것이다. 그때 교부 철학자이자 사상가로 유명한 아우구스티노도 시인이었다는 설명을 들었다. 김종철은 다른 친구들이 대천사 미카엘 같은 멋진 세례명을 받는데 고작 시인이라서 속상했다고 한 적이 있는데, 그때 '못'과 '시'가 한꺼번에 그의 가슴속으로 들어왔으리라.

1962년 6월 하복을 입을 무렵, 집에 화재가 나서 세간살이가 모두 타버렸다. 어릴 적의 사진이나 물품들이 모두 소실되어 버렸다. 이 무렵 나중에 시인이 되는 유자효, 문학평론가가 되는 김종철 등을 백일장에서 만났고, 마산중학교를 다녔던 김종철과는 계속 펜팔로 교제를 했다. 시인 김종철은

'金鍾鐵'이고 평론가 김종철은 '金鍾哲'이다.

의욕적으로 고등학교 시험은 쳤지만 입학금이 없어 포기했다. 그때 마침 영도에 있는 해동고등학교에서 한 학기 입학금을 면제받는 조건으로 학업을 이어 갈 수 있었다. 그 후 2학년부터는 전면 장학금을 주는 배정고등학교로 전학하였다. 그 학교에서는 후에 소설가가 되는 유익서, 시인이 되는 하일 등이 먼저 다니고 있었고, 소설가가 되는 이복구가 같은 반에 있었다. 그 무렵 웬만한 전국 백일장이나 문예콩쿠르는 다 휩쓸었다.

고등학교를 졸업하고 청년 종철은 대학 진학을 위해 아르바이트를 하였고 본격적 시업詩業 수련에 들어갔다. 도스토예프스키는 물론 칼릴 지브란이나 니체에 이르기까지 닥치는 대로 독서에 열중했고 글쓰기에 한없이 매달렸다. 이 무렵 가톨릭 신앙에 회의가 생겨 성당에 나가는 것을 접었는데, 이래저래 스무 살 안팎 시점의 그는 낯설고도 광활한 세계로 진입하고 있었다.

김종철金鍾鐵의 이름에는 '쇠 금' 자가 셋이나 들어 있다. 경성硬性의 광물질을 대표하기도 하고 가장 귀한 물질성을 상징하기도 하는 '金'이 온통 그의 이름을 감싸고 있는 것이다. 아닌 게 아니라 그의 대표적 브랜드가 되어 버린 '못'만 해도,

날카로운 금속성이 확연하게 느껴진다. 이처럼 그의 외관은 '金'으로 둘러싸여 매우 견고한 이미지를 띠고 있다고 할 수 있다. 하지만 그의 낱낱 작품을 읽어 보면, 우리는 그의 시가 차갑고 단단한 속성보다는 따뜻한 감성의 세례를 훨씬 많이 받고 있음을 알 수 있다. 그러한 감성적 에너지를 통해 인생론적인 어떤 비의秘義에 가닿으려는 신비로운 열정을 그의 시편들이 가지고 있는 것도 발견하게 된다. 그만큼 그의 시는 따뜻한 감성과 열정의 여과에 의해 이루어진 세계이다.

그런가 하면 그의 시편은 밀도 있는 지적 집중의 산물로 나타나기도 한다. 가령 그는 소소한 일상에서부터 사회적 현실이나 근원적인 생의 이법理法을 다룰 때에도 지적 치열성을 놓치지 않는다. 그는 불필요한 이미지의 나열이나 장황한 서술을 배제하면서, 낱낱 시편들로 하여금 빼고 더할 게 없는 완결된 시상詩想을 구축하게끔 한다. 그 점에서 그는 근원적인 생의 이법을 응시하되 지적 치열성을 배음背音으로 하는 시인임이 틀림없을 것이다.

두루 알다시피 서정시는 언어 예술이자 시간 예술이다. 우리의 구체적 감각과 객관 세계를 접속해 주는 것이 언어이고, 시간의 흐름에 놓인 사물의 속성을 함축적으로 표현하는 것이 서정시이니만큼, 우리가 언어와 시간으로 서정시의 핵심을 말하는 것은 자연스러운 일이다. 그래서 서정시는 그 어떤 예술보다도 시간과 친연성을 가지며 언어를 통한 경험을 수용자들에게 선사한다. 이는 시간이라는 물질에 대해 서정시가 깊은 관심을 가진다는 뜻이기도 하지만, 시간의 흐름에 놓인 사물과 그에 대한 시인 자신의 반응을 서정시가 집중 표상한다는 것을 함의하기도 하는 것이다. 김종철 시인의 시편들에는 오랜 시간 속의 사물과 그것을 바라보는 시인의 반응으로서의 언어가 선명한 자국처럼 남아 있다. 그 흔적과 파문이 아름답고 웅숭깊다.

결국 그의 시는 따뜻한 감성과 지적 치열성이라는 두 가지 축의 결속으로 이루어져 있다고 할 수 있다. 지난 시간에 대한 기억이나 가족에 대한 사랑을 노래하는 데서 전자의 축이 작용하고 있다면, 동시대 사람들의 삶이나 근원적인 생의 본질을 탐색하는 데서 후자의 축이 가까이 다가온다고 할 수 있다.

이 길지 않은 글은, 김종철 시인이 보여 주는 이러한 시적 의미론을 재구再構해 보려는 비평적 시론試論이 될 것이다. 시인과의 사사로운 기억들이 적지 않지만, 여기서는 '김종철 시의 매혹'이라는 공공적 의제를 충실하게 해명하는 비평적 탐색으로만 시종해 보리라 다짐해 본다. 모든 인용 시편은 이

숭원 교수가 정성스럽게 엮어 낸 『김종철 시 전집』(문학수첩, 2016)에서 취하기로 한다.

'재봉'의 성스러움과 '둔주곡'의 비극성

서정시는 우리의 감각과 사유를 질서 있고 구심적인 차원으로 인도해 가는 언어 예술이다. 특별히 그것은 함축적인 언어적 형식에도 불구하고 원초적 통일성을 회복하려는 속성을 확연하게 지향하게 마련이다. 김종철은 단호하고 직관적인 세계를 통해 이러한 특유의 질서를 이루어 가는 과정을 보여줌으로써 우리에게 심미적 경험을 또렷하게 선사해 준 시인이다. 그 과정은 대체로 유한한 시간의 흐름에 얹혀 사라져 가는 존재자들을 품어 안는 방식을 통해 삶을 성찰하고 감당해 내려는 모습으로 이어져 갔다. 삶의 오랜 진정성을 완성하려는 의지가 차오르는 그 순간은, 스스로의 삶에 대한 긍정에서 발원하는 세계이기도 할 것이다. 그렇게 존재의 근

원을 찾아간 등단 무렵의 초기 동선動線을 한번 따라가 보도
록 하자.

김종철은 스물한 살이라는 약관의 나이에 시단에 등장하
여 단연 화제를 몰고 왔다. 잘 알려져 있듯이, 그의 등단 작
품인 「재봉裁縫」(한국일보, 1968. 1. 1)은 탐미적으로 보이기까지
하는 어떤 상상적 풍경을 그려 낸 바 있다. 데뷔작이 시인의
앞날을 예고했던 경우는 우리 시단에 제법 많은데, 김종철의
경우도 그러한 사례에 맞춤하게 해당한다. 그만큼 이 작품이
보여 준 어떤 속성이, 김종철 시학의 추후 전개 과정을 강렬
하게 암시하고 있다 할 것이다. 요컨대 그 과정은 성스럽고
고요한 상상적 풍경을 만들어 내는 시인의 밝고 긍정적인 마
음에 의해 펼쳐지게 될 것이다. 그의 등단작을 한번 소리 내
어 읽어 보자.

사시사철 눈 오는 겨울의 은은한 베틀 소리가 들리는
아내의 나라에는
집집마다 아직 태어나지 않은 마을의 하늘과 아이들이
쉬고 있다
마른 가지의 난동暖冬의 빨간 열매가 수실로 뜨이는
눈 나린 이 겨울날

나무들은 신의 아내들이 짠 은빛의 털옷을 입고

저마다 깊은 내부의 겨울 바다로 한없이 잦아들고

아내가 뜨는 바늘귀의 고요의 가봉假縫,

털실을 잣는 아내의 손은

천사에게 주문받은 아이들의 전 생애의 옷을 짜고 있다

설레이는 신의 겨울,

그 길로 먼 복도를 지내 나와

사시사철 눈 오는 겨울의 은은한 베틀 소리가 들리는

아내의 나라,

아내가 소요하는 회잉懷孕의 고요 안에

아직 풀지 않은 올의 하늘을 안고

눈부신 장미의 아이들이 노래하고 있다

아직 우리가 눈뜨지 않고 지내며

어머니의 나라에서 누워 듣던 우레가

지금 새로 우리를 설레게 하고 있다

눈이 와서 나무들마저 의식儀式의 옷을 입고

축복받는 날.

아이들이 지껄이는 미래의 낱말들이

살아서 부활하는 직조織造의 방에 누워

내 동상凍傷의 귀는 영원한 꿈의 재단,

이 겨울날 조요로운 아내의 재봉 일을 엿듣고 있다

—「재봉裁縫」 전문

'재봉'이라는 조요로운 일에 아내가 열중하고 있다. 화자
는 그 생성의 작업을 고요하게 엿듣고 있다. 화자는 지금 "집
집마다 아직 태어나지 않은 마을의 하늘과 아이들", 그리고
"천사에게 주문받은 아이들의 전 생애의 옷"을 짜고 있는 아
내의 손길을 아름답고 성스럽게 상상해 본다. 이처럼 "사시
사철 눈 오는 겨울의 은은한 베틀 소리가 들리는/아내의 나
라"에는 '회잉'의 고요와 "눈부신 장미의 아이들이 노래하고"
있을 어떤 생명의 풍경이 고스란히 겹쳐 있다. 그 풍경은 "아
이들이 지껄이는 미래의 낱말들"이 살아 부활하는 순간을 예
비하는 아내의 정성스러운 작업에 의해 한결 구체화되고 있
다. 이러한 생명 직조織造의 힘에 의해 이 시편은 "영원한 꿈
의 재단"에 이르게 된다.

결국 이 시편 안에는 생명 탄생 과정을 이끌어 가는 모성母
性의 위대함과, 그 과정에 동참하고 있는 화자의 따뜻한 상상
력이 한데 어울려 있다. 또한 구체적 사물을 선명한 감각으
로 재현하는 시인의 조형력과 성스러운 모성을 증언하는 시
인의 따스한 마음이 동시에 녹아 흐르고 있다. 김종철의 등

단작은 이처럼 성스럽고 조요로운 심미적 상상력에 의해 구축된 것이었다. 그만큼 그의 출발은 아름답고 긍정적이며 생명을 중히 여기는 마음에서 이루어졌다고 해도 좋을 것이다.

김종철은 1968년 한국일보 신춘문예에 이 작품으로 당선된 후에 박정만과 함께 '신춘시新春詩' 동인에 참여하게 된다. 박봉우, 조태일, 김원호, 이탄, 이근배, 이가림, 신세훈, 권오운, 황명, 강인섭 등이 그때 만난 소중한 동인이었는데, 매주 금요일마다 그는 종로에 있는 동인 집합소였던 금화다방에 나갔다. 평론가 김재홍과도 이때 만났다.

그리고 그해 3월 서정주, 김동리 선생의 권유로 서라벌예술대학 문예창작과에 입학을 했다. 서라벌예술대학이 중앙대학교에 합병되었기 때문에 나중에 중앙대학교 예술대학 문예창작과를 졸업할 수 있었다. 서라벌예대에서 만난 문우들은 그야말로 쟁쟁하기 짝이 없는 얼굴들이었다. 감태준, 이시영을 비롯하여 송기원, 박양호, 오정희, 김민숙, 김상렬, 이병희, 윤정모, 신현정, 이동하, 김형영 등이 학교를 다니고 있었기 때문이다. 하루는 평론가 김현이 출강을 와서 김종철을 찾았다고 한다. 초면이었던 김현은 김종철더러 술집에 먼저 가 있으라고 했다. 김종철이 강의실에 앉아 있으면 강의가 잘되지 않는다고 하면서 말이다. 김현이 강의 나오는 날,

다섯 살 터울의 두 사람은 으레 함께 술을 마셨다고 한다.

그러던 중 1970년 서울신문 신춘문예에 「바다 변주곡變奏曲」이 당선되었다. '박낙천'이라는 필명으로 응모한 결과였다. 현상금은 당시 3만 원이었던 다른 신문보다 훨씬 많은 5만 원이었다. 그런데 축하보다는 비난이 더 많이 쏟아졌다. 심사위원인 박목월, 박남수 선생은 심지어 자진 취소를 하라고 당부했다고 한다. 특히 박목월 선생은 김종철을 직접 불러 타일렀다고 한다. 이미 시인이었던 김종철은 그 길로 신문사에 가서 자진 취소의 뜻을 밝혔는데 받아들여지지 않았다. 이때 김현은 자기 검증을 위해서는 복수 당선이 아무런 문제가 되지 않는다고 지면을 통해 김종철의 손을 들어 주었다.

1971년은 김종철 인생의 한 고비가 되었는데, 그것은 그가 이 해에 베트남전쟁에 참여했기 때문이다. 그의 많은 동년배들이 이 거대한 세계전쟁에 참여하게 된다. 스물다섯 살 김종철은 백마부대 일원으로 베트남 캄란베이와 나트랑에서 근무하였다. 병과가 위생병이어서 주로 약제계를 맡았고, 후반에는 백마사단장 김영선 장군 전속 수행원을 담당하기도 했다.

초반의 베트남 생활은 두려움 속에서 보냈다. 말단의 졸병이라서 그랬는지 웬만한 작전에는 모두 참여했다. 몇날 며칠

동안 정글을 헤치며 작전에 투입되기도 하였고, 그 와중에 물이 떨어져 말로 설명할 수 없는 고통을 겪기도 했다. 밤에는 참호 속에서 떨면서 뜬눈으로 지새우기도 했다. 위생병이라 병사들에게 약을 지어 주었는데, 작전 중에는 씻지 않은 손때 때문에 흰 알약이 언제나 새카맸다.

그 무렵 다른 부대에서 근무하던 소설가 송기원이 말라리아에 걸려 귀국을 준비하던 중 연락을 해 와 김종철이 근무하는 병실에서 며칠간 치료를 하여 떠나게 해 주었다. 김치와 고추장을 구해 주느라 애를 먹었다고 한다. 통신병으로 참전한 소설가 김상렬이 M16을 분실하여 영창 대기를 하고 있었는데, 친구 김종철은 장군 전속 수행원이라는 직책을 활용하여 즉석에서 김상렬을 조수로 채용하여 위기를 벗어나게 해 주었다.

이러한 만만찮은 시간의 굴곡을 내장한 그의 청년 시절 작품들이 그의 등단작처럼 아름답고 성스러운 풍경으로만 채워질 까닭은 거의 없었다고 해도 좋을 것이다. 가령 그의 첫 시집 『서울의 유서』(한림출판사, 1975) 맨 앞에 실린 「죽음의 둔주곡遁走曲」은 그 첨예한 사례이다. 왜냐하면 그 안에는 고요한 회잉의 성스러움 대신 역사의 잔혹함이 깃들어 있고, 은은한 베틀 소리 대신 광기에 가까운 신음 소리가 배어 있기 때문이다. 이러한 이질성의 공존 양상은, 김종철의 시가 어떤 단성성單聲性이 끊임없이 복제되는 세계가 아니라 여러 음색이 교차하면서 이루어지는 복합적인 세계로 나아갈 것임을 암시해 주는 뜻깊은 실례라 할 것이다. 「죽음의 둔주곡」을 천천히 읽어 보자. 1곡부터 9곡까지 이어지면서 가파른 서사성까지 품고 있는 일종의 장시長詩이다.

벌거벗은 땅이어
그대는 선한 싸움을 다 싸우고
달려갈 길을 다 달렸으며
죽음의 처녀성과
꿈을 찍어 내는 자들의
믿음 몇 개를 지켰을 뿐이다
    황폐한 바람이 분다
    마른 뼈의
    골짜기들이 떼 지어 내려온다
    그대의 비탄 속에
    두 마리의 들개가 절망적인 싸움을 한다
    마른 메뚜기와 들꿀의 상식
    노여움과 어리석음의 두 불꽃

『시문학』 1973년 3월호에 실린 이 연작은 베트남전쟁에 참
전한 시인이 살아 돌아와 쓴 생생한 체험 시편이다. "나는 베
트남에 가서 인간의 신음 소리를 더 똑똑히 들었다"라는 부
제副題가 붙어 있는 이 시편에는 생명이 아닌 죽음, 성스러움
이 아닌 잔혹함, 일상의 평화가 아닌 피비린내 나는 전쟁의
모습이 선명하게 담겨 있다. 전쟁을 치르고 있는 그 벌거벗
은 처녀지는 비록 "선한 싸움을 다 싸우고/달려갈 길"을 다
달렸다고 할지라도 "죽음의 처녀성과/꿈을 찍어 내는 자들
의/믿음 몇 개"만을 쓸쓸하게 부조浮彫하고 있을 뿐이다. 여기
서 "선한 싸움"이라는 사도 바울의 성경적 인유引喩가 제시되
고 있지만, 그럼에도 그 전쟁은 궁극의 황폐함에 이르게 되
고 말 것이다. 그리고 그 황폐한 바람이 부는 공간은 구약 성
경의 에스겔이 노래한 "마른 뼈의/골짜기들"로 치환되기도
한다. 그 또한 절망적 싸움의 공간으로 해석되고 있는 것이
다. 여기서 세례 요한이 먹었다는 "마른 메뚜기와 들꿀"로 채
워진 "노여움과 어리석음의 두 불꽃"의 가파른 충돌은 시인
으로 하여금 이 전쟁이 얼마나 폭력적이고 비非존재적인 것
인가를 경험하게끔 해준다.

결국 청년 김종철은 이 시편을 통해 자신이 겪었던 발생론적 상처, 예컨대 세계의 폭력성과 어리석음을 첨예하게 품고 있는 것이다. 이 장엄한 시편은 「2곡」에서 "중부 베트남의/붉은 사막의 발자국"으로 이어져 가면서, 그곳에서는 "숨어 우는 류머티즘과 촛불이 보이고/밤마다 155마일의 비가/바다로부터" 내려왔다는 묘사를 불러온다. 사실 155마일은 휴전선의 길이를 말하는데, 김종철 시인은 그 분단의 물질성을 베트남까지 데려온 것이다. 이로써 한국전쟁과 베트남전쟁은 아시아에서 일어난 커다란 전쟁으로 등가의 자리에 놓이게 된다. 아닌 게 아니라 "휴전선 철책 망의 작은 틈 사이에/하나씩 박혀 있는/20년도 더 되는 탐색의 지뢰밭"을 맞아들이는 베트남 전선의 '한국시인 김종철'이 선명하게 보이는 듯도 하다. "한 알의 과일이 떨어지는 소리와/세상에서 제일 아름다운/바다의 상처까지" 선사하면서 말이다.

그날
젊은이들은 모두 떠났다
조국으로부터 어머니로부터 운명으로부터
모두 떠났다
젊은이들의 믿음과 낯선 죽음과

부산 삼부두를 실은 엄서호의 전함

수천의 빗방울이 바다를 일으켜 세우고

어머니는 나를 찾아 헤매었다

갑판에 몰린 전우들 속의 막내를 찾아 하나씩하나씩

다시 또다시 셈하며 울고 있었다

어머니가 늙어 보인 것은 그때가 처음이었다

—「죽음의 둔주곡 3곡」 중에서

이제 전쟁의 기억도 어느 정도 흐려지고, 당대적 경험을 가진 이들은 어느새 고인이 되었거나 노년의 연배로 들어섰고, 전쟁을 겪지 않은 세대조차 중년의 나이에 이르게 되었다. 하지만 과연 전쟁은 잊혀 버렸을까. 그렇지 않을 것이다. 여전히 한반도는 물론 세계 전체가 전쟁의 일상적이고 잠재적인 위협 속에 놓여 있지 않은가. 김종철의 시는 전쟁에 대한 다양한 해석과 기억을 가지고 있는 이들의 삶을 재현함으로써, 어쩔 수 없이 전쟁이라는 구체적 경험으로부터 상처받고 또 무너졌던 한 세월을 오롯하게 구성해 낸다.

여기서 우리가 경험을 강조하는 까닭은, 인간의 의식 중에서 가장 비타협적 배타성을 띠면서 형성되는 것이 경험이라는 점 때문이다. 김종철 시인은 전쟁과 가난과 이산離散이라는 확연한 경험을 통해 어떤 물리적 폭력과 그에 대응하는 정신적 힘의 응전을 두루 보여 준다. 우리는 그러한 진중한 기억을 통해 전쟁의 비극이 되풀이되지 않게끔 지나간 역사로부터 문학적 항체抗體를 배울 수 있을 것이다.

여기서 시인은 베트남전에 나서는 젊은이들이 모두 "조국으로부터 어머니로부터 운명으로부터" 떠났다고 한다. 그들의 믿음에도 불구하고 다가올 "낯선 죽음"을 예감이라도 하듯이 부산항에서 전함이 나설 때 "수천의 빗방울이 바다를 일으켜" 세우던 순간을 시인은 잊지 못한다. 그때 어머니는 떠나가는 막내아들을 찾아 헤매셨고, 아들은 늙으신 어머니의 모습을 아프게 각인한다. 이내 시인은 "내 어린 밤마다 등불의 심지를 돋우고/심청전에 귀 기울이며 몇 번이나/혀끝을 안타까이 차며 눈물짓던 젊은 어머니"를 생각하고 또 생각한다. 등단작 「재봉」에 나온 상상 속 아내의 원형原形일 "바느질을 아름답게 잘 하시던 어머니"는 그렇게 전장으로 떠나던 아들이 일생 동안 놓지 않았던 그리움의 원형이기도 하다. "수많은 기도와 부름이/비와 어머니와 전함"을 삼키면서 출항할 때 "눈물 끝에 매달린 어머니와 유년의 바다/배낭 안에 넣어 둔 한 줌의 흙/그것들의 붉디붉은 혼이/나를 너무나 먼 곳으로 불러내었다"고 시인은 기록한다. 이어지는 서사는 "내 몸속에 흐르는 황색의 피/이방인의 피/총구를 통해 보는 낯선 죽음"(「4곡」)이라는 선명한 이미지로 수렴되어 간다. "위생병인 내가/무너진 자들의 절망을 핀셋으로 끄집어낼 때"(「4곡」)라든가 "꿈길에서도 무기를 지니고 다니는/전장의 꿈"(「5곡」)은 그러한 이미지를 선명하게 강화하고 있다. 그때도 시인은 "몇 줄의 성경과/돌아오지 않는 바다 사이"(「5곡」)를 꿈꾸고 있었을 것이다.

칶란베이 꿈속에서
나는 배를 기다렸다
밤마다 자주 마른 파도의 상처가 나타나고
순례자의 갈증은 타오르고
한 방울의 물까지 나를 마셔 버렸다
내 팔에 안겨 임종한 사내들을 마셔 버렸고
내가 헤맨 몇 개의 정글을 마셔 버렸고
내가 가지고 온 바다까지 마셔 버렸다
나의 껍질은 다 벗겨졌다
열두 달의 여름 속에서 제 배를 기다렸다
나를 거두는 날을 기다렸다
나의 벗은 몸들은

서너 병의 조니워커와 피투성이의 진실과 성병과

낯선 죽음의 발자국과 동하이의 흰 햇빛이었다

내가 앓고 있는 천 일의 죽은 아라비아와

구약과 눈물의 굳은 껍질과

우기의 잠들은 그날 밤

더 많은 모래를 내 생의 갓 쪽으로 실어 날랐다

나를 낳아 준 바다여

내 꿈속에 자주 찾아온 그대는 나의 충치였다

나는 여러 번 떠났다

그대의 항해일지에 찍힌 파도 따라

늘 헛되었고 빈탕이었다

우리가 귀향하는 배는

남지나에서 이틀을 움직이지 않았다

하룻날은 단 한 번 사랑한 랑의 눈물이 묶어 매었고

또 하룻날은 위생병인 내 팔에 안겨

떠나간 사내들의 죽은 꿈들이

배를 부둥켜안았다

오오, 이제 바람이 불면

또 다른 사내들이 그들의

생동하는 바다를 두고 올 것이다

캄란베이 전장에서 겪은 강렬한 정서적 경험과 충격을 실감 있게 전달하고 있는 이 시편은, 꿈속에서 밤마다 만나는 "마른 파도의 상처"와 "순례자의 갈증"을 노래하고 있다. 한 방울의 물까지 말라 버린 그곳에서 "내 팔에 안겨 임종한 사내들"과 "내가 헤맨 몇 개의 정글" 그리고 "내가 가지고 온 바다"까지 모두 사라지고 없다. 일 년 내내 여름인 그곳에서 '나'는 자신을 떠나게 해 줄 배를 기다렸다. 하지만 여전히 전장은 "벗은 몸들"로 하여금 "서너 병의 조니워커와 피투성이의 진실과 성병과/낯선 죽음의 발자국"으로 이어져 가게끔 할 뿐이었다. 그리고 시인이 "앓고 있는 천 일의 죽은 아라비아와/구약과 눈물의 굳은 껍질"마저 항해일지에 찍힌 파도 따라 헛되게 사라져 갈 뿐이었다.

마침내 "귀향하는 배"를 탔지만 남지나에서 이틀 동안 움직이지 않자, 시인은 이틀 동안 "단 한 번 사랑한 랑의 눈물"을 떠올리고 "위생병인 내 팔에 안겨/떠나간 사내들의 죽은 꿈들"을 생각한다. 이제 바람이 불어 "또 다른 사내들이 그들의/생동하는 바다를 두고 올" 것을 기다리면서 말이다. 결국 이 작품은 시간의 숨가쁨과 공간의 척박함이 때로는 사실적

으로 때로는 감각적 선명함으로 다가오면서, 전쟁에 참여한
이의 격렬한 정서와 전황戰況까지 암시해 주는 시편이 아닐
수 없을 것이다.

　아브라함의 땅도 이미 떠났다
　벌거벗은 땅이여
　그대의 사도들은
　착한 들판을 모두 잃어버렸다
　세상의 유해 속에
　새의 땅 물고기의 땅
　허깨비의 땅만이
　갈기갈기 뜯겨 남아 있다
　오오 땅의 자손들이여
　너희들의 날에는 아무것도 남아 있지 않다
　두 개의 죽음 사이에
　몸을 굽히고
　모든 상처에 지친
　땅의 노예들이여
　너희들의 날에는 아무것도 기다려 주지 않는다
　　—「죽음의 둔주곡 9곡」 전문

시인은 베트남전에서 만난 여인을 두고 "랑의 잠자는 가슴"을 회상해 본다. "붉은 모래와 상반신의 밤을/해안까지 실어 왔다"라면서 "내가 가진 다섯 개의 허무/나를 껴안은 어둠의 구석구석을/랑, 잊지 말아 다오"(이상 「7곡」)라고도 노래한다. 예외적 일탈의 공간에서도 허무와 어둠을 껴안는 시인의 내면이 넓고 깊다. 결국 고국으로 돌아와 "내가 가진 여름과 재앙과/말라빠진 광야를 버리고 다시 막내가 되어" 돌아왔다고 어머니께 일종의 귀국 보고를 하면서 시인은 "어머니 우리는 세상에 사랑의 빚 이외에는/아무 빚도"(이상 「8곡」) 지지 않았다고 말한다. 마침내 이 '둔주곡'은 시인으로 하여금 "아브라함의 땅"도 떠난 "벌거벗은 땅"을 바라보게 한다. 착한 들판을 모두 잃어버린 사도들은 이제 세상의 유해 속에 새와 물고기의 땅을 만들어 가야 한다. 허깨비의 땅만이 남은 지상에서 땅의 자손들은 "두 개의 죽음 사이에/몸을 굽히고/모든 상처에 지친/땅의 노예들"이 되어 갈지도 모르기 때문이다.

결국 둔주곡의 선율은 아무것도 기다려 주지 않는 원초적 비극성으로 충일하게 다가온다. 이처럼 김종철의 초기 문제작 「죽음의 둔주곡」은 베트남전을 노래한 다른 어떤 작품보다도 핍진성과 실감을 높이면서 반전反戰 의식도 결속한 명편으로 남아 있다. 이러한 가열한 문제작을 허두에 배치한 시집 『서울의 유서』는 그렇게 '유서遺書'와도 같은 속성을 견지하면서 당대를 반영하고 시인의 의식과 무의식까지 아울러 담아 냈다고 할 수 있을 것이다. 그 의식과 무의식이 선명한 열도熱度를 가진 채 반영되어 있는 첫 시집의 표제작을 한번 읽어 보도록 하자.

서울은 폐를 앓고 있다
도착증의 언어들은
곳곳에서 서울의 구강을 물들이고
완성되지 못한 소시민의
벌판들이 시름시름 앓아누웠다
눈물과 비탄의 금속성들은
더욱 두꺼워 가고
병든 시간의 잎들 위에
가난한 집들이 서로 허물어지고
오오, 집집마다 믿음의 우물물은
바짝바짝 메마르고
우리는 죽음의 열쇠를 지니고 다녔다
날마다 죽어서 다시 살아나는

양심의 밑둥을 찍어 넘기고
헐벗은 꿈의 알맹이와
기도의 낟알을 고르며
밤마다 생명수를 조금씩 길어 올렸다
절망의 삽과 곡괭이에 묻힌
우리들의 시대정신의 피
몇 장의 지폐로 바뀐 소시민의 운명들은
탄식의 밤을 너무나 많이 실어 왔다

오오, 벌거숭이 거리에
병든 개들은 어슬렁거리고

새벽 두 시에 달아난 개인의 밤과
십 년간 돌아오지 않은 오디세우스의 바다가
고서점의 활자 속에 비끄러매이고
우리들 일생의 도둑들은 목마른 자유를 다투어 훔쳐 갔다
고향을 등진 때늦은 철새의 눈물,
못 먹이고 못 입힌 죄 탓하며
새벽까지 기침이 잦아진 서울은
오늘도 모국어의 관절염으로 절뚝이며

우리들 소시민의 가슴에 들어와 목을 매었다.

─「서울의 유서」 전문

「현대문학」 1970년 8월호에 발표한 이 작품은 당시 '서울'을 배경으로 하여 그 병리적 이미지를 '유서'라는 상징으로 보여 준 명편이다. 서울이 겪어 온 산업화와 근대화의 그늘을 비판적으로 담아낸 이호철의 장편소설 『서울은 만원이다』가 발표된 것이 1966년인데, 어쩌면 「서울의 유서」는 그 연장 선상에 있다고 할 수 있다. 아닌 게 아니라 이 시편에서 '서울'은 폐를 앓으면서 "도착증의 언어들"이 구강을 물들이는 환부患部를 드러내고 있다. 서울이라는 공간은 "완성되지 못한 소시민의/벌판들"이 앓아누워 있고, "눈물과 비탄의 금속성들은/더욱 두꺼워"져만 가고 있다. "병든 시간의 잎들" 위로 가난한 집들이 허물어지고, 무엇보다도 "믿음의 우물물"이 말라가고 있다. 이렇게 "죽음의 열쇠"를 지니고 다니는 이들은 "양심의 밑둥"을 찍어 넘기고 있다. 결국 '믿음'과 '양심'의 동시 실종은 "헐벗은 꿈의 알맹이와/기도의 낱알을 고르며/밤마다 생명수를 조금씩" 길어 올리는 이들에 의해 회복의 분기점을 맞는다. 시인은 이 순간 "우리들의 시대정신의 피"와 "몇 장의 지폐로 바뀐 소시민의 운명"을 대조하면서

"고향을 등진 때늦은 철새의 눈물"을 떠올리고 있다. 끝끝내 "새벽까지 기침이 잦아진 서울은/오늘도 모국어의 관절염으로" 앓으면서 소시민의 가슴에 들어와 목을 매고 있다. '서울'이라는 낯선 도시의 병리적 양상을 '유서'라는 은유로 형상화한 시인 김종철의 관찰과 진단과 해석이 충실하고 견결하기만 하다.

김종철은 「죽음의 둔주곡」을 써 갈 무렵 계몽사 등 여러 출판사와 사단법인 마을문고를 거쳐 주문돈, 오규원의 소개로 ㈜태평양 선전부에 입사하였다. 인쇄매체 파트에서 광고 집행을 담당하다가 무역부 수출 파트에서 6년간 근무하기도 했다. 그곳에서 프랑스에 화장품을 처음으로 수출하였고 의류까지 다양한 품목을 개발하였다. 그 후 몇 군데 더 옮겨 다니다가 안양에서 태평양 특약점을 경영하게 된다. 시집 『서울의 유서』를 내던 1975년에는 현재 문학수첩 대표인 강봉자姜奉子 선생과 1월에 결혼을 한다. 박목월 선생의 주례였다.

이후 박제천, 강우식, 이탄, 이영걸, 김원호 등과 '손과 손가락' 동인을 결성하였는데, 동인 이름은 이탄이 지었다고 한다. 나중에는 서정주 선생도 노소동락하는 의미에서 함께하자는 바람에 두어 번 미당이 동인지에 작품을 발표하기도 했다. 이래저래 젊은 날 직장과 가정과 동인을 동시에 구축해 간 1970년대 초반은 '청년 김종철'이 사회 한가운데로 한 발 깊이 들어간 시간대였다고 할 수 있을 것이다.

지금까지 우리가 살펴왔듯이, 김종철 시의 출발점에는 두 가지 언어가 교차하고 있다. 그 하나가 성스럽고 고요하고 심미적인 긍정의 언어라면, 다른 하나는 잔혹하고 소란스러운 현실을 증언하는 비판적 언어이다. 이것이 그의 초기 시편이 구축한 확연한 시적 대위법對位法이다. 그의 첫 시집 『서울의 유서』에는 이러한 두 가지 음역音域이 뚜렷이 교차하면서 결속하고 있다. 시집 서문에 "나는 죽을 때까지 시를 위해서 일할 수 있는 '손'을 가지고 있음을 확신한다"(『자서』)라고 김종철은 썼거니와, 그 점에서 김종철 시편은 건강하고 지속적인 공력을 평생 다할 수 있는 에너지와 역량을 준비하고 있었던 셈이다. 아름답고 성스러운 마음과 비판적이고 반성적인 감각을 함께 지닌 채 시작된 그의 시 쓰기가, 이러한 양가적 역동성을 통해 따뜻한 감성과 지적 치열성의 세계로 한 걸음 더 나아가게 되었던 것이다. 특별히 김종철의 초기 시에 들어 있는 미학적 파상波狀은 시인 자신의 발원지이자 궁극적 귀속처를 담아냄으로써 세련되고 깊은 감각과 사유를 보여주었다. 시인은 이러한 과정을 통해 삶을 그대로 살려 내는

데 힘을 기울였고, 사물과 한결같이 일정한 거리를 유지하면서 그들의 속성을 형상적으로 추출하고 배열하였다.

다시 말해 시인은 자신의 경험을 실존 차원으로까지 끌어올리면서, 자신이 살아왔고 살아가야 할 삶의 표지를 유추하고 성찰하는 방법론적 모색을 지속한 것이다. 그리고 일상의 눈으로는 지나칠 수밖에 없는 잃어버린 근원적 실재에 대한 추구를 통해 생명 현상의 속성을 동시에 들여다보았다. 충분한 미적 완결성을 담아내면서 심미적 기억을 불러내는 오랜 감각을 잔잔하게 전해 준 것이다. 그렇게 선명한 목소리로 전해져 오는 '재봉'의 성스러움과 '둔주곡'의 비극성이 새로운 미적 전율로 미덥고 아름답게 다가오고 있다.

삶의 근원적 우수憂愁와 실존적 상상력

우리가 잘 아는 대로, 서정시의 중요한 역할 가운데 하나
는, 현실에서는 거의 이루기 어려운 근원적 존재 전환을 상
상해 보는 데 있지 않을까 한다. 그때 우리는 일상의 건조한
현실을 벗어나서 전혀 다른 상상적 거소居所를 만들어 가면서
도, 마침내는 지상에서의 가파른 존재 방식을 추인하고 긍정
하는 방향으로 귀환하곤 한다. 김종철의 시가 근대적 기율로
서의 합리성을 순간순간 벗어나면서도 전통적 서정성과 스
스로를 구별해 내는 힘도 바로 여기에 있을 것이다. 다시 말
하면 그의 시는, 존재 전환의 상상 범위를 한껏 넓혔다가도
다시 자기 탐색의 시간으로 회귀하는 과정을 어김없이 밟아
간다.

이때 시인이 노래하는 존재의 원형에 대한 실감 어린 기억들은, 우리의 오랜 존재 방식을 순간적으로 되살리면서도, 지상의 존재자들을 따뜻하게 감싸 안는 오롯한 감정 형식이 되어 준다. 그렇게 김종철의 시는 존재의 원형을 찾아가는 기억으로 구성되어 있으며, 거기서 파생하는 정서에는 가장 심미적인 문양이 출렁거리고 있는 것이다.

1980년대에 들어서면서 김종철의 시 세계에는 경험적 구체성에 바탕을 둔 사적私的 고백이 늘어나게 된다. 가족 이야기나 일상적 삽화들이 시의 핵심 내용을 채우는 경우가 많아진다. 그와 동시에 삶의 근원적 우수憂愁가 확연하게 드러나게 되는데, 이러한 속성은 두 번째 시집『오이도烏耳島』(문학세계사, 1984)에 집중적으로 모아진다.

시인은 시집 서문에서 "여태까지 써 왔던 모든 작품들을 다 버리고 비워 내는 마음에서" 시집을 엮었다고 하였는데, 이는 이 시집을 통해 지난 시간을 수습하고 새로운 시간을 예비하려는 그의 의지가 잘 표현된 것이라고 할 수 있을 것이다. 아닌 게 아니라 이 시집에는 어떤 소망이 좌절되고 나타나는 근원적 인간 조건의 한계랄까 하는 것들을 온몸으로 받아들이려는 시인의 모습이 약여하게 나타난다.

그는 모든 것이 사라져 가는 과정을 존재자의 실존적 조건으로 수납하면서, 삶과 사물에 대한 근원적 비극성을 하나하나 깨달아 간다. 그리고 그것을 자신의 삶과 등가적 원리로 결합하려는 은유적 속성을 구현해 간다. 사물의 고유성을 흐려 가는 시간의 흐름에 맞서 그의 상상력은 그러한 비극성을 주체의 자기표현에 힘껏 원용해 간다. 또한 그것은 사물과 주체의 긴밀한 조응 과정을 보여 주는 '시적인 것'의 원리가 되어 주기도 하는데, 주체의 시선으로 사물의 근원적 비극성을 발견하고 그 응시의 힘으로 삶을 성찰하고 그리로 귀환하는 이러한 원리는 김종철 시의 움직일 수 없는 선순환 기율이라고 할 수 있을 것이다.

그리고 이때 김종철은 이건청, 정진규, 민용태, 홍신선, 윤석산, 김여정 등이 보강된 가운데 재결성한 '시정신詩精神' 동인으로 참여하게 된다. 대만 시인과 국제 교류를 하던 가운데 '손과 손가락' 동인을 소개하니까 도박 집단으로 오인받아 김종철이 이름을 바꾸도록 종용했던 것이다. 이 무렵 발간된 시집 『오이도』는 김종철 초기 시편을 완결하면서 동시에 새로운 시 세계로 전환하게 되는 결절結節의 역할을 했다고 할 수 있다.

바람에 날아다니는 바다를 본 적이 있으신지

낡은 그물코 한 올로 몸을 가린 섬을 본 적이 있으신지

이 섬에 가려면 황톳길 삼십 리 지나 한 달에 한두 번 달리는 바깥세상의 철길을 뛰어넘고 다시 소금밭 둑길 따라 나문재 듬성 듬성 박혀 있는 시오 리를 지나면 갯마을의 고샅이 보일 겁니다

이 섬으로 가려면 바다를 찾지 마셔요 물 없이 떠도는 섬, 같은 바다에 두 번 다시 발을 담그지 않는 섬, 아무도 이 섬을 보지 못하고 돌아온 것은 당신이 찾는 바다 때문입니다

당신의 삶이 자맥질한 썩은 눈물과 토사는 이 섬을 서쪽으로 서쪽으로 더 멀리 떨어뜨려 놓을 겁니다

십 톤짜리 멍텅구리배 같은 이 섬을 만나려면,

당신 몫의 섬을 만나려면,

당신은 몇 번이든 길을 되풀이해서 떠나셔요

당신만의 일박一泊의 황톳길과 바깥세상의 철길을 뛰어넘고 다시 소금밭 시오 리를 지나……

―「섬에 가려면 ‒ 오이도烏耳島 1」 전문

김종철 시인은 '오이도'라는 섬을 "외롭고 추운 마음을 안고 한 번씩 자신으로부터 외출을 하고 싶을 때 찾아가는"(『덤으로 살아 본 삶 ‒ 독자를 위하여』) 곳이라고 규정하고 있다. 바람에 날아다니는 바다로 둘러싸여 "낡은 그물코 한 올로 몸을

가린" 섬을 자신이 끝없이 찾아간 내력에 대하여 처연하게 이야기를 이어 간다. "이 섬에 가려면" 황톳길을 지나 바깥세상의 철길을 뛰어넘고 소금밭 둑길을 따라 다시 시오 리 길을 가야 한다는 것, 그렇더라도 정작 바다는 찾지 말아야 한다는 것을 재차 강조하고 있다. 그렇게 "물 없이 떠도는 섬"에 이르면 결국 "당신 몫의 섬"을 가지게 되지만 그와 동시에 몇 번이고 그 길을 되풀이하여 떠날 수밖에 없음을 역설하고 있다. 그 '떠도는 섬'이야말로 젊은 날의 시인이 가졌던 집념과 좌절의 과정을 잘 보여 주는 상징적 처소인 것이다. 그러니 시인으로서는 '오이도'의 세계 곧 언제나 떠날 수밖에 없는 자신의 유목성을 버린 채 다음 시 세계로 훌쩍 건너가고 싶었을 것이다. 시집 『오이도』는 이렇게 김종철 시 세계에서 그러한 머묾과 도약 사이의 중간 지대로 존재하고 있다. 이때 시인은 이미 가파른 지상에서 겪어 가는 존재 방식을 다양하게 추인하고 긍정하는 방향을 취해 가고 있었던 것이다.

내 고향 한 늙은 미루나무를 만나거든
나도 사랑을 보았으므로
그대처럼 하루하루 몸이 벗겨져 나가
삶을 얻지 못하는 병을 앓고 있다고 일러 주오

내 고향 잠들지 못하는 철새를 만나거든
나도 날마다 해 뜨는 곳에서
해 지는 곳으로 집을 옮겨 지으며
눈물 감추는 법을 알게 되었다고 일러 주오

내 고향 저녁 바다 안고 돌아오는 뱃사람을 만나거든
내가 낳은 자식에게도 바다로 가는 길과
썰물로 드러난 갯벌의 비애를 가르치리라고 일러 주오

내 고향 홀로 집 지키는 어미를 만나거든
밤마다 꿈속 수백 리 걸어 당신의 잦은 기침과
헛손질로 자주자주 손가락을 찔리는 한 올의 바느질을 밟고
울며 울며 되돌아온다고 일러 주오

내 고향 유년의 하느님을 만나거든
기도하는 법마저 잊어버리고
철근으로 이어진 도시의 언어와 한 잔의 쓴 술로
세상을 용케 참아 온 이 젊음을
용서하여 주라고 일러 주오

내 고향 떠도는 낯선 죽음을 만나거든

나를 닮은 한 낯선 죽음을 만나거든

나의 땅에 죽은 것까지 다 내어놓고

물 없이 만나는 떠돌이 바다의 일박까지 다 내어놓고

이별 이별 이별의 힘까지 다 내어놓고

자주 길을 잃는 이 젊은 유랑의 슬픔을

잊지 말아 달라고 일러 주오

─「해 뜨는 곳에서 해 지는 곳까지」 전문

이 작품에는 "내 고향", "만나거든", "일러 주오"라는 표현
이 연쇄적으로 이어지는 여섯 개 연이 병치되어 있다. 그런
의미에서 어쩌면 우리는 이 시편의 독특한 정형적 리듬까지
느낄 수 있게 된다.

시인은 "내 고향 한 늙은 미루나무"에게 사랑을 만나 몸이
벗겨져 나가 삶을 얻지 못하는 병을 앓고 있다는 전갈을 부
탁한다. 사랑의 욕망과 좌절이 얽힌 젊은 날의 회상적 토로
를 이러한 형식으로 수행했을 것이다. 이어 "내 고향 잠들지
못하는 철새"에게는 "날마다 해 뜨는 곳에서/해 지는 곳으로
집을 옮겨 지으며/눈물 감추는 법을 알게 되었다고" 일러 주

고, "내 고향 저녁 바다 안고 돌아오는 뱃사람"에게는 "자식에게도 바다로 가는 길과/썰물로 드러난 갯벌의 비애를 가르치리라"는 사실을 일러 달라고 한다. "내 고향 홀로 집 지키는 어미"를 통해서는 "당신의 잦은 기침"과 "손가락을 찔리는 한 올의 바느질"을 떠올리고, "내 고향 유년의 하느님"에게는 기도를 잊어버리고 도시의 언어와 술로 세상을 참아 온 젊음을 용서해 달라고 한다. 마침내 시인은 "내 고향 떠도는 낯선 죽음"을 호출하면서 "자주 길을 잃는 이 젊은 유랑의 슬픔을/잊지 말아" 달라고 당부한다.

물론 시의 제목 '해 뜨는 곳에서 해 지는 곳까지'는 세상 모든 곳이자 순간에서 영원까지 이르는 시간을 적극 포괄한다. 그러니 이 작품은 이러한 사랑과 눈물과 비애와 기침과 젊음과 슬픔의 항구적 영속성으로 시인의 생이 이어져 갈 것을 예감케 해 주고 있는 것이다. 그리고 '시인 김종철'의 타자들을 등장시키면서 그들과의 궁극적 소통을 열망하고 있다 할 것이다. 그 타자들은 미루나무, 철새, 뱃사람, 어미, 하느님, 죽음 등인데, 이 모든 세목이 시인의 근원적 우수와 실존적 상상력을 한층 돋우어 주고 있는 셈이다. 다음 작품도 그러한 실존적 상상력에 기반을 두고 있는 빛나는 사례 가운데 하나일 것이다.

아내는 외출하고

어린 두 딸과 잠시 빈방을 채우며 뒹굴다가

그들이 눈을 붙이는 사이

적막 같은 비가 한 줄기 쏟아진다

두 딸년의 잠든 눈썹 사이로 건너뛰는 빗줄기

나는 적막이 되어

유리창 끝에 매달리고

한 방울의 물이 우리를 밖으로 내다 놓는다

한 방울의 물이 또 다른 한 방울의 물과 어울리는 동안

우리 집의 모든 물은 적막같이 돌아눕고

어울릴 수 없는 한 방울의 물만이

창턱을 괴고

외출한 한 방울의 물소리에 귀를 열고 있다.

―「아내는 외출하고」 전문

    시의 제목은 아내가 외출하여 집에 혼자 남은 시인의 처지를 돌보이게 하지만, 시인의 시선은 집 바깥에서 내리는 빗줄기를 향함으로써 안과 바깥이라는 공간적 분할을 택하는데 주안점을 두고 있다. 아내가 떠난 빈방에서 어린 두 딸과 함께 뒹굴던 시인은 딸들이 잠든 사이 "적막 같은 비" 한 줄

기 쏟아지는 것을 바라본다. "두 딸년의 잠든 눈썹 사이로 건너뛰는 빗줄기"에 어느새 스스로 적막이 되어 유리창 끝에 매달린다. 한 방울 물이 남은 식구 모두를 바깥으로 내다 놓으며 빗방울들이 어울리는 동안, 집의 모든 물이 적막같이 돌아눕고 "어울릴 수 없는 한 방울의 물"이 바깥 "한 방울의 물소리"에 귀를 열어 주고 있다. 아내는 외출하고 빈집에 남아 빗줄기를 세고 있는 시인의 모습이 단출하고 풍요롭게 전해진다. 물방울로 비유된 '시인/아내'의 '안/밖'의 배치 과정이 투명하고 살가운 감각으로 충일하다.

무릇 서정시는 시인 자신의 경험과 깨달음 그리고 사물을 향한 매혹과 그리움을 압축적으로 보여 주는 예술이다. 김종철 시인은 자신의 삶을 반추하면서 새로운 세계에 대한 상상적 열망을 보여 주는 과정에서 자신만의 경험과 깨달음을 특유의 예술적 안목과 필치에 산뜻하게 얹어 간다. 그의 시는 이러한 과정적 속성을 충족시키는 뚜렷한 범례일 것인데, 그만큼 그의 시선은 모든 사물에서 능동적 질감을 발견하고 그것을 삶의 물질성으로 바꾸어 내는 데 탁월한 역량을 발휘한다. 그러한 마음이 생성의 반대편에서 소멸의 잔광殘光이 일도록 균형을 맞추게끔 했을 것이다. 그리고 그러한 균형 의지가 그의 시를 든든하게 떠받치는 침묵의 역할을 수행했을 것이다.

이처럼 밀도 있는 사적 고백과 삶의 근원적 우수를 담은 시집 『오이도』를 건너, 시인은 1980년대 후반에 쓴 시편을 묶은 세 번째 시집 『오늘이 그날이다』(청하, 1990)로 나아가게 된다. 그 시집 「자서自序」에서 시인은 "이제는 세상을 바라보는 눈이 조금씩 자리 잡힘이 보이고 시를 무겁지 않게 쓰는 법이 열렸다"라고 쓰고 있는데, 그래서인지 그 안에는 일상적인 생활적 세목과 함께 산업 사회의 그늘에 대한 비판이 집중적으로 실려 있다. 동시대를 살아가는 이들의 존재 방식을 탐구하려는 그의 실존적 상상력이 전면으로 부각된 것이다. 하지만 시집의 심연을 잘 들여다보면, 이 시집이 그러한 상상력에 철저하게 경도되어 있는 것만은 아니라는 것을 알 수 있다. 다시 말하면 이 시집은 보다 더 근원적인 존재 형식에 대한 관심이 깊어 가는 과정을 강렬하게 보여 준다. 가령 다음 표제작은 우리가 잃어버리고 있는 근원적 존재 형식에 대한 준열한 발화發話라 할 것이다.

　그렇다, 오늘이 그날이다
　우리가 태어나고 죽고 슬퍼하고
　눈물짓는 그날이다

사랑하고 기도하고 축복 받는 그날이다
오늘이 어저께의 어깨를 뛰어넘고
내일의 문 앞에 당도했을 때
우리는 꿈만 꾸었었다
오늘이 그날임을 알지 못했다

나를 거둬 가는 그날인 줄을
내 낟알을 털어 골라 두는 그날인 줄을
나를 넣고 물을 부어 밥솥에 끓이는 그날인 줄을
나를 순가락으로 떠먹으며 씹는
그날인 줄을 알지 못했다
그리하여 어떤 이는 소리 내어 울고
어떤 이는 술을 마시며 욕질하고
어떤 이는 무릎 꿇고 연도하는 그날인 줄을

언제 우리가 오늘 이외의 다른 날을 살았더냐
어째서 없는 내일을 보려 하였더냐
어제는 오늘의 껍질이요 내일은 오늘의 오늘이다
모든 것이 오늘 함께
팔짱을 끼고 걸어가는 것이 보이지 않느냐

오늘이 그날이다

우리는 보통 '그날'이라는 유토피아^{utopia}를 그리면서 살아간다. 하지만 '유토피아'라는 것이 원래 '지상에 존재하지 않는 땅'을 뜻한다는 점에서, 유토피아는 그것에 대한 강렬한 소망과 함께 그것의 필연적 부재에 대한 실의失意를 촉발하게 마련이다. 가령 심훈沈熏의 「그날이 오면」을 읽어 보아도 우리는 그 안에 '그날'에 대한 강렬한 기다림과 '그날'이 오지 않을 것이라는 비극적 인식이 교차하고 있음을 알 수 있다.

그런데 김종철은 '그날'이 바로 '오늘'이라고 노래하고 있다. 불원간 다가올 '그날'이 아니라 '오늘'로 존재하는 '그날'을 강조함으로써 그는 우리의 존재 형식에 강한 충격을 가하고 있다. 그는 "그렇다, 오늘이 그날이다"라면서 "우리가 태어나고 죽고 슬퍼하고/눈물짓는 그날"이 우리의 남루한 일상 속에 엄연히 존재하고 있음을 설파한다. 바로 '오늘'에 사랑과 기도와 축복이 편재遍在해 있는 것이다.

그런데 사람들은 그 '오늘'을 알아보지 못하고 꿈만 꾸어 왔다. '오늘'이 바로 낟알을 털어 골라 두고 거두어 가고 물을 부어 밥솥에 끓이고 숟가락으로 떠먹으며 씹어야 하는 '그날'인 줄 몰랐기 때문이다. 그래서 시인은 "어제는 오늘의 껍질이요 내일은 오늘의 오늘이다"라고 당당하게 선언할 수 있는 것이다. 바로 이러한 사유와 감각이 그의 시편들로 하여금 일정한 사회성을 획득하게끔 하면서, 동시에 우리의 존재 형식이 나중에 완성될 그 무엇이 아니라 우리의 일상적 삶의 구체성 속에 녹아 있다는 것을 말해 주고 있는 것이다.

어린 시절, 어머니에게 물었습니다
내일은 언제 오나요?
하룻밤만 자면 내일이지
다음날 다시 물었습니다
오늘이 내일인가요?
아니란다 오늘은 오늘이고 내일은
또 하룻밤 더 자야 한단다

고향에서 급한 전갈이 왔습니다
어머니 임종의 이마에
둘러앉아 있는 어제의 것들이 물었습니다
얘야 내일까지 갈 수 있을까?
그럼요 하룻밤만 지나면 내일인 걸요

어제의 것들은 물도 들고 간신히 기운도 차렸습니다
다음날 어머니의 베갯모에
수실로 뜨인 학 한 마리가 날아오르며 물었습니다
오늘이 내일이지?
아니에요 오늘은 오늘이고
내일은 하룻밤이 지나야 해요

더 이상 고향에서 급한 전갈이 오지 않았습니다
우리 집에는
어머니는 어제라는 집에
아내는 오늘이라는 집에
딸은 내일이라는 집에 살면서
나와 쉽게 만나는 법을 알고 있기 때문입니다
—「만나는 법」 전문

　여기서 우리는 김종철 특유의 인생론적 경험과 혜안 그리
고 그것을 표현하는 심미적 언어를 만날 수 있다. 이 시편은
남다른 기억에 의해 조직되고 구성된 예술적 기록이다. 또한
오랜 시간 시인 나름의 아름다운 기억을 선명한 이미지로 환
치하는 작법이 여기서 비롯하였을 것이다. 이는 시인 자신이

겪어 온 시간에 대한 미학적 헌사이자 충만한 현재형으로 그것을 변형해 가려는 의지가 반영된 결과이기도 하다. 그것은 시인으로 하여금 삶의 심연에서 피워 올리는 국량局量을 넉넉하게 번져 가게끔 해 주고 있는 것이다.

김종철 시인은 어린 시절 자신이 어머니에게 여쭈었던 '시간' 개념을 한껏 되살려 본다. 그것은 '어제/오늘/내일'이라는 시간의 흐름에 관한 것이었다. 하룻밤 자면 오게 될 '내일'은 정작 하룻밤을 자면 '오늘'로 몸을 어느새 바꾼다. "내일은/또 하룻밤 더 자야" 했던 것이다. 고향에서 어머니 임종이라는 급한 전갈이 왔는데 시인은 그때 다시 "어제의 것들"이 내일까지 갈 수 있을까를 묻는다. 하룻밤만 자면 내일이 될 터이니 "어제의 것들은 물도 들고 간신히 기운도" 차릴 것이 아닌가. 다음 날 어머니 베갯모에 수실로 뜨인 학 한 마리가 날아오르며 "오늘이 내일이지?" 하고 묻는다. 하지만 오늘은 오늘이고 내일은 또 하룻밤이 지나야 하는 것이다.

이제 더 이상 급한 소식이 오지 않는 시간에 "어머니는 어제라는 집"에 "아내는 오늘이라는 집"에 "딸은 내일이라는 집"에 각각 살아간다. 그네들은 그러한 방식으로 '나'와 만나는 법을 알고 있다. 그렇게 어제, 오늘, 내일은 서로 '만나는 법'을 알고 있는 것이다. 이러한 인생론적 경험과 지혜 또한 김종철 특유의 실존적 상상력에서 극점으로 피어 난 것일 터이다. 다음은 어떠한가.

낙타를 한 마리 사야겠다
이 도시에서는
아무도 낙타를 타고 다니지 않는다
아무도 낙타에게 관심을 가지지 않는다
낙타는 먼 나라의 사막이나 동물원의 것으로 안다
그러나 아무래도 낙타를 한 마리 사야겠다
사람들은 손가락질을 할 것이다
냄새가 난다며 키우지 못하게 할 것이다
끝내는 낙타보다는 나를 고발할 것이다
그러나 나는 낙타를 사고야 말겠다
너희들이 천국에 들어가는 것이
낙타가 바늘구멍에 들어가는 것보다 어렵다고
성경에 씌어 있질 않니?
우리는 모두 부자다 욕심쟁이다
낙타가 바늘구멍에 들어가는 법을
나는 꼭 배워야 한다
천만에 하고 고개를 흔들지 말아라

바늘구멍에 들어간 낙타는 두 번 다시

'천만에' 하기 위해서 목을 내밀지 않을 것이다

천국으로 가는 길을 배우기 위해서

아무래도 낙타를 한 마리 사야겠다

　―「낙타를 위하여」 전문

　사물의 구체성은 한동안 그것을 규율하다가 세월의 풍화
를 겪으면서 차츰 소멸되게 마련이다. 하지만 우리는 이 소멸
의 실재들이 또 다른 생성을 준비하는 불가피한 방식이라는
것을 잘 알고 있다. 아니 소멸의 심층에 오히려 생성의 기운
이 충실히 자라고 있다고 하는 편이 옳을 것이다. 이 모든 것
이 우리가 완전하게 고립된 단독자單獨者가 아니라 일정한 소
멸 과정을 통해 서로의 몸에 각인되는 상호 결속의 존재임을
알려 준다. 김종철 시인은 '낙타'라는 느리고 신성한 상징을
통해 그러한 생성과 소멸의 연결 구조를 역설적으로 암시한
다. 일정한 상호연관성 속에서 사물들은 이렇게 내면의 적정
한 은유적 형상을 구축해 가고 있다.

　시인은 낙타 한 마리를 사야겠다고 한다. 아무도 낙타를
타지 않고 낙타에 관심도 두지 않는 도시에서 낙타는 그저
먼 나라 사막이나 동물원의 것으로 여겨질 뿐이다. 만약 낙

타를 산다면 사람들은 냄새가 난다며 키우지 못하게 하려고 고발까지 감행할지도 모른다. 그러나 시인은 결심한 듯 낙타를 사고야 말겠다고 한다. 신약 성경에는 낙타가 바늘구멍으로 들어가는 것보다 부자가 천국에 들어가는 것이 더 어렵다고 했는데, 시인은 우리 모두 부자이고 욕심쟁이이니 "낙타가 바늘구멍에 들어가는 법"을 꼭 배워야 한다고 믿는다. 그렇게 바늘구멍으로 천국 가는 길을 배우기 위해서라도 낙타 한 마리를 사야겠다는 시인의 다짐과 포부가 '낙타'라는 비효율적 존재자를 바깥으로 몰아내는 이 시대의 심층을 비판하면서 실존적 상상력의 한 켠을 드러내고 있는 것이다.

이처럼 김종철의 시는 세계내적 존재들이 견지하는 슬픔에 초점을 맞추면서도 그러한 소외감을 그는 우울한 비관주의로 노래하지 않는다. 오히려 그는 궁극적 자기 긍정으로 전화轉化할 수 있는 내적 계기들을 풍부하게 만들어 놓는다. 예컨대 그것은 삶의 보편성에 대한 믿음 같은 것들을 통해 만들어진다. 이 모든 것이 삶의 구체성과 소통의 심미적 순간성을 잘 보여 주는 김종철 시학의 한 실례라 할 것이다.

이러한 세계를 펼친 김종철의 1980년대는 우리 사회가 외적 화려함과 내적 경직성으로 양극화되어 가던 때였다. 김종철은 인간 내면의 폐허 의식과 그것을 유발시킨 사회의 폭력적 구조를 표상하면서 진정성 있는 존재 탐구의 시편을 많이 창작하였다. 하지만 그는 사회적 폭력을 직접적으로 증언하기보다는, 비극성의 높은 경지까지 시적 언어를 끌어올린 시인이었다. 비극적 세계를 향해 던진 그의 미학은 오롯한 시 정신에서 말미암았다고 보아야 옳을 것이다.

이처럼 김종철의 1980년대를 응집한 『오이도』와 『오늘이 그날이다』는, 삶의 근원적 우수와 실존적 상상력 그리고 어떤 근원적인 존재 형식에 대한 관심으로의 전이轉移 과정을 현저하게 보여 준 결실이라 할 것이다. 이러한 관심의 전환이, 1990년대에 들어서면서, '못'이라는 견고한 상징을 만들어 내게끔 해 준 것이다.

'못의 시인' 김종철의 탄생

1990년대는 20세기의 종언과 21세기의 시작을 함께 품고 있던 커다란 전환기였다. 그것이 비록 서양 관습에서 연원한 것이었을지언정 새로운 밀레니엄을 둘러싼 요란한 시간 이동 세리모니는 지금도 우리에게 선명한 기억으로 남아 있다. 전환기로 명명되는 모든 시기가 그러하듯이 1990년대 역시 과거를 반성하고 미래를 예측하는 지적 성찰을 자연스럽게 마련하였다. 그것도 천 년 단위의 교체기였던 바에야 그러한 노력의 수요와 공급은 그야말로 폭발적으로 전개되었다고 할 수 있다.

20세기를 수놓았던 시문학사 전반에 대한 점검이나 '시'라는 양식이 내포한 인류 문화적 전통에 대한 재인식 역시 첨예한 과제가 되기도 하였다. 물론 1990년대 시의 부정적 양상으로는 맥없는 매너리즘과 상업적 전략에 힘입은 의뭉한 평가절상 등이 그 폐해로 남는다. 후기 자본주의 시대에 '스타'는 있지만 진정한 '대가大家'는 없다는 말이 실감 나는 실증적 사례였을 것이다.

또한 가벼움이 무거움에 비해 비교우위를 점함으로써 내용 없는 시편들이 늘어난 점 또한 이 시기를 여러 모로 음각陰刻하였다. 이때 무거움은 엄숙주의 또는 계몽주의의 연장선으로 치부되었는데, 서정시 본유의 진지함과 인문적 사유마저 부정되는 것 같아 그 자체가 새로운 권력 지향의 언어로 느껴질 때가 많았던 것도 사실이다.

이러한 시기에 김종철의 시적 시선은 좀 더 근원적이고 궁극적인 어떤 사유의 지경地境을 향하고 있었다. 좀처럼 유행이나 시류時流에 흔들리지 않는 그의 시법詩法은 완만하고도 견고한 본령을 지켜 나갔다.

그는 1991년 11월에 도서출판 '문학수첩'을 등록하였고 이듬해 5월에 본격적으로 출판업에 전념하게 된다. 1992년 제4시집 『못에 관한 명상』(시와시학사)을 상재하면서 이른바 '못의 시인'으로 등극하게 된다. 『못에 관한 명상』에서 그는 '못'이라는 구체적 사물의 의미를 집중적으로 탐색하여, 소소한 일상성에 대한 관찰로부터 심원한 철학적 통찰에 이르기까지 폭넓은 개인적 상징성을 획득하게 된다.

　모두 65편의 연작을 통해 그는 인간 실존의 등가물로 '못'을 형상화하면서 집중적인 천착을 시도하게 되는데, 말하자면 삶이라는 것이 '못'을 박고, '못'에 박히고, '못'을 빼는 일의 심층적 반복이라고 노래한 것이다. "삼 년간 구도적인 묵상을 통해서/내 자신을 찾아 울며 헤맸다./굽은 못 하나가, 가장 하찮은 녹슨 못 하나가/내 기도였다니!"(「자서」)라고 시집을 펴내는 심회를 밝혔는데, 결국 그것은 구도求道와 묵상默想과 기도를 통해 가닿는 '진정한 나'의 상상 과정이었다. 다음은 그 연작의 서시序詩에 해당하는 시편인데, 2017년 12월 1일 제막된 김종철 시비詩碑에도 이 작품이 새겨져 있다. 부산 구덕 문화공원 산책길에 친근하게 서 있는 퍽 아름다운 시비이다.

　　못을 뽑습니다
　　휘어진 못을 뽑는 것은
　　여간 어렵지 않습니다
　　못이 뽑혀져 나온 자리는
　　여간 흉하지 않습니다
　　오늘도 성당에서

아내와 함께 고백성사를 하였습니다

못 자국이 유난히 많은 남편의 가슴을

아내는 못 본 체하였습니다

나는 더욱 부끄러웠습니다

아직도 뽑아내지 않은 못 하나가

정말 어쩔 수 없이 숨겨 둔 못대가리 하나가

쏘옥 고개를 내밀었기 때문입니다

　　─「고백성사─못에 관한 명상 1」 전문

　십자가에 못 박혀 죽은 예수의 사건이 이 시편의 배경이
되고 있음을 알아차리는 것은 그리 어려운 일이 아니다. 그
런데 시인은 자신의 몸에 박힌 "휘어진 못을 뽑는 것"이 여간
어려운 일이 아님을 말한다. 그리고 설사 뽑았다고 하더라도
그 남은 흔적이 흉하기 짝이 없다고 말한다.
　여기서 시인은, 때로는 못 박혀 있는 채로 때로는 흉한 흔
적을 남기고 가까스로 못을 뺀 채 살아가는 인간 존재를 표
상하고 있다. 그 가운데 하나가 바로 자신인데, 성당에서 고
백성사를 하던 중 시인은 그 흉한 못 자국이 유난히 많은 남
편의 가슴을 짐짓 못 본 체하는 아내를 따뜻한 눈길로 바라
본다. 그때 시인에게 진한 부끄러움이 밀려온다. 왜냐하면

자신에게는 아직 뽑아 내지 않은 못 하나 곧 정말 어쩔 수 없이 숨겨 둔 못대가리 하나가 숨겨져 있기 때문이다. 여기서 숨겨져 있는 '못' 하나를 우리는, 윤리적으로 해석할 수도 있고, 인간으로서 필연적으로 갖는 본질적 한계로 해석할 수도 있을 것이다. 하지만 그것이 "원죄 의식의 발현이자 속죄 의식의 뒤엉킴에서 우러나는 내면 성찰의 부끄러움"(김재홍, 「참회와 명상」, 『못에 관한 명상』)의 하나임에는 틀림없다. 그만큼 김종철이 구현한 '못'의 시학은, 우리 시사에서 가장 성찰적인 사유를 보여 주는 사례였고, 나아가 가장 기억할 만한 시적 상징의 하나로 평가받을 만한 것이었다. 그야말로 그는 '못' 하나로 문학사적 사건을 벌인 것이다. 이러한 시인의 독창적 명명과 사유와 표현은 다음으로 이어져 간다.

해미 마을에 갔습니다
낮에는 허리 굽혀 땅만 일구고
밤에는 하늘 보며 누운 죄뿐인 사람들이
꼿꼿이 선 채 파묻힌 땅을 보았습니다
요한아 요한아 일어나거라
조선 시대의 천주학쟁이들은
아직까지 요를 깔고 눕지 못했습니다

꼿꼿한 못이 되어 있었습니다

못은 망치가 정수리를 정확히 내리칠 때

더욱 못다워집니다

순교는 가혹할수록

더욱 큰 사랑을 알게 합니다

겨자씨만 한 해미 마을에서

분명히 보았습니다

십자가의 손과 발등을 찍은

굵고 튼튼한 대못을

겨자씨보다 작은 이 마을이

두 손으로 들고 있었습니다

─「해미 마을─못에 관한 명상 5」 전문

마흔다섯 아침 불현듯 보이는 게 있어 보니

어디 하나 성한 곳 없이 못들이 박혀 있었다

깜짝 놀라 손을 펴 보니

아직도 시퍼런 못 하나 남아 있었다.

아, 내 사는 법이 못 박는 일뿐이었다니!

─「사는 법─못에 관한 명상 6」 전문

'못에 관한 명상' 연작에서 김종철은 가톨릭 신앙에 접목된 형이상학적 인간 본질을 묻고 있다. '해미 마을'은 조선 후기에 교황청과 연계하여 천주교를 전파하던 해미 성씨 일가가 박해를 받다가 순교한 곳으로 유명하다.

그러한 과정은 종교와 신앙의 자유에 대한 박해와 그 극복의 시간을 잘 보여 준다. 시인은 그 마을에 가서 죄라고는 "낮에는 허리 굽혀 땅만 일구고/밤에는 하늘 보며 누운" 것뿐인 이들이 꼿꼿하게 선 채 파묻힌 땅을 바라본다. "조선 시대의 천주학쟁이들"은 아직까지도 눕지 못하고 꼿꼿한 '못'이 되어 있었던 것이다. 망치가 정수리를 내리칠 때 비로소 스스로의 정체성을 돋우는 '못'처럼, 그곳 순교자들은 "가혹할수록/더욱 큰 사랑"을 알게끔 해준다. 비록 겨자씨보다 작은 마을이지만 시인은 그곳에서 "십자가의 손과 발등을 찍은/굵고 튼튼한 대못"을 발견하기도 한다. 그 우람하고도 오랜 못을 겨자씨보다 작은 마을이 두 손으로 떠받치고 있었던 것이다.

그런가 하면 시인은 "마흔다섯 아침"에 "어디 하나 성한 곳 없이 못들"이 자신의 몸에 박혀 있는 것을 발견한다. 이 못들은 천주교 박해 같은 역사의 못과는 다른 고통스러운 실존의 못으로 다가온다. 시인은 깜짝 놀라 손을 펴 본다. 손바닥에는 아직도 시퍼런 못 하나가 남아 있다. 그동안 "내 사는 법"

이 "못 박는 일"뿐이었음을 자각하는 순간이 찾아온다.

이처럼 이 시편은 시인이 '못'을 통해 끊임없이 자신의 '사는 법'을 성찰하고 자신의 존재 형식을 궁구하며 나아가 가장 심원한 구원의 제의祭儀까지 상징적으로 수행하고 있음을 알려 준다. 아니 시집『못에 관한 명상』전체가 이러한 사유와 상징 제의에 바쳐져 있다고 해도 과언이 아닐 것이다. 우리 시사詩史에서 김종철이 득의의 상징 시인으로 등극하는 순간이 아닐 수 없다.

작은 등대 하나 오또마니 서 있는 바다
갈매기 부리에 찍혀
먼 수평선이 활처럼 휘어졌다
다시 펴지는 바다
푸른 파도가 기슭에 부서지면
까만 자갈들이 와르르 손뼉 치며
물가로 내닫는 유년의 맨발
질경이와 강아지풀 위에 세워진 천막 학교에서
우리는 갈매기와 바다만 지겹게 그렸다
그러다 어느 날
미군이 사용하다 철수한 건물로 이사 가게 되었다

낡은 책걸상을 들고 왁자하게 산등성이 오를 때

낯익은 갈매기도 따라왔고

바다는 조금도 멀어지지 않았다

다만 그날 우리 앞을 가로막은

미군 부대 기름 탱크가 새카만 얼굴로

철조망을 가리고 있었고

폭발물 주의! 붉은 글자와

흰 해골바가지 그림이 우리를 놀라게 하였다

선생님은 조례 첫날부터 이상한 물건을 보면

못이나 망치로 두들기지 말라고 당부하였다

우리는 그보다 더 무서운 것이 있었다

어쩌다 재수 없이 똥 마려운 날

미군 놈 변기통이 얼마나 깊고 컴컴한지

허리춤 쥐고 밖으로 나오면

그때사 철버덩 하는 소리에 기겁한 적이 한두 번 아니었다

비만 오면 군용 트럭 지나간 운동장은

물웅덩이를 이루었고

어떤 것은 무릎 위까지 빠졌다

지네처럼 교정을 슬슬 기어 다니는

바퀴 자국 따라 우리는

갈매기와 함께 나는 꿈도 꾸고

헬로 껌! 헬로 껌!

신작로까지 걸어 나간 꿈도 한두 번 아니었다

—「천막 학교 – 못에 관한 명상 20」 전문

역사의 못과 실존의 못을 지나 이번에는 추억 속의 '못'을 발견해 가는 시인의 시선이 이채롭다. 이 시편의 공간은 작은 등대 하나 오또마니 서 있는 바다 근처의 '천막 학교'이고 시간은 시인의 유년 시절에 걸쳐 있다. 그때 그곳은 갈매기 부리에 찍힌 수평선이 활처럼 휘어져 있었고, 푸른 파도가 기슭에 부서지는 파도를 끼고 있었다. 물가로 내닫는 "유년의 맨발"이야말로 "질경이와 강아지풀 위에 세워진 천막 학교"의 주인공들이었을 것이다.

갈매기와 바다만 지겹게 그리던 어느 날 그 유년들은 "미군이 사용하다 철수한 건물"로 이사를 가게 되었다. 낡은 책상과 의자를 든 채로 산등성이를 오를 때 그들을 따라온 것은 갈매기와 바다였다. 그리고 그들을 새롭게 맞은 것은 "미군 부대 기름 탱크"였다. '갈매기/바다'와 '탱크'의 대위법이 시인이 사유하는 '원형/변형'의 아우라Aura를 펼쳐내고 있다. 여기서 탱크는 새카만 얼굴로 철조망을 가리고 있다. 그리고

"폭발물 주의!"라는 붉은 글자와 흰 해골바가지 그림을 달고 있다. 아이들은 그 이질적 글자와 그림에 놀랐고 선생님은 첫날부터 이상한 물건을 보면 못이나 망치로 두들기지 말라고 당부한다.

여기서 '못'은 궁금증이나 호기심으로 인한 외적 자극을 말하지만, 이는 소년 김종철이 어려서부터 '못'과 어느 정도 친화적이었음을 물리적으로 증언해 주는 장면이기도 할 것이다. 어느새 아이들은 탱크보다 더 무서운 것을 경험하게 되는데, 그것이 바로 컴컴한 "미군 놈 변기통"이었다. 천막 학교는 비만 오면 운동장으로 난 군용 트럭 자국이 웅덩이를 이루었고, 바퀴 자국 따라 아이들은 갈매기와 함께 날아가는 꿈을 꾸고 "헬로 껌! 헬로 껌!" 하는 소리와 함께 신작로까지 걸어 나가는 꿈도 꾸었다. 그렇게 '천막 학교'는 아이들 누구에게나 희망과 두려움을 동시에 선사했던 공평한 '유년 학교'였다. 그때 그곳에서 소년 김종철은 오래고도 오랜 비상飛翔과 탈향脫鄕의 꿈을 꾼 것이다.

글자가 크게
똑똑하게 보인다
잘 보이는 만큼

세상은 흠집투성이다
오늘은 중늙은이 하나
돋보기 속에 들어가 기침을 한다
등잔 밑 어두운 것을
발밑이 천길 낭떠러지인 것을
이제야 보다니!

—「돋보기를 쓰며 – 못에 관한 명상 30」전문

돋보기를 쓰니 글자가 더 크고 똑똑하게 보인다. 하지만 그렇게 잘 보이는 만큼 세상의 흠집도 무성하게 시선으로 들어온다. 그리고 돋보기를 쓴 "중늙은이 하나"도 돋보기 속에서 기침을 하는 것이 보인다. 글자가 똑똑하게 보이는 것만큼 돋보기를 쓰게 된 자신의 노경老境도 천천히 그러나 선명하게 들어온 것이다. 그렇게 시인은 "등잔 밑 어두운 것"이 바로 "발밑이 천길 낭떠러지인 것"을 이제야 발견하였다. 가령 이 시편은 '못'에 관한 집중적 사유를 통해 사라져 가는 시간에 대한 그리고 이울어 가는 삶에 대한 새로운 안목을 얻게 되는 과정을 보여 준다.

이렇게 김종철은 '못에 관한 명상' 연작을 통해 인간의 역사적, 실존적 본질을 집요하게 묻고 있다. 원래 김종철 시인

은 자신의 시에 대한 산문적 사족蛇足을 거의 단 일이 없는 것
으로도 유명하다. 그만큼 그는 시로만 말하였다. 이에 대해
시인은 "나의 시론은 시 자체"(『시와 시학』 2005 겨울)라고 했거
니와, 우리는 김종철의 낱낱 시편을 통해 그가 전하고자 했
던 삶의 어떤 비의를 경험할 수 있을 뿐이다.

　그 경험을 『못에 관한 명상』의 집중성과 깊이에서 우리는
얻게 되었지만, 이러한 근원에 대한 관심과 시적 탐색은 다
섯 번째 시집 『등신불 시편』(문학수첩, 2001)에 이르러 더욱 심
화된 진경進境을 얻게 된다. 거기서 그는 "요즘 나는 한 말씀
을 얻었다/그것은 결말을 구하지 않는 법法이다/이제는 어디
에도 끝이 없다"(『끝-시인의 말』)라고 증언하고 있는 것이다.
일단 제목부터 범상치 않은 『등신불 시편』의 안쪽으로 들어
가 보도록 하자.

　등신불을 보았다

　살아서도 산 적 없고

　죽어서도 죽은 적 없는 그를 만났다

　그가 없는 빈 몸에

　오늘은 떠돌이가 들어와

　평생을 살다 간다

서정시는 언어 너머의 언어에 가닿으려 하는 자기 초월적 속성을 가지고 있다. 그것은 세속에 존재하는 수많은 소문들을 오랫동안 말갛게 우린 결과 생겨나는 무채색 눈물 같은 것이며 세속의 번잡과 과잉을 정련하고 정화한 결실로도 비유될 수 있을 것이다. 마치 비금속에서 금을 추출해 내는 연금술처럼 삶의 정수精髓를 얻기 위한 난경難境들이 시 쓰기 과정으로 은유되는 것이다.

김종철의 시는 이성으로는 파악하기 어려운 실존적 차원에 대해 노래할 때 익숙한 것들에게서 새로운 발견의 감각을 생성해 내는 독자적인 힘을 가지고 있다. 시인은 이러한 발견의 감각을 통해 사물의 창의적 의미와 본질을 재구성해 가는 데 최선의 공력을 다하되, 삶이 건네주는 경험적 구체를 통해 아스라한 지경을 일구어 간다.

그는 "살아서도 산 적 없고/죽어서도 죽은 적 없는" 등신불을 하염없이 바라보고 있다. 삶과 죽음을 그야말로 한 몸에 응집하고 있는, 그래서 살아서 죽고 죽어서 산 '등신불'은 시인이 완성해 낸 또 하나의 존재론적 표상이 되어 준다. 그리고 그 등신불은 "그가 없는 빈 몸"이 되고 거기에 "오늘은 떠돌이가 들어와" 평생을 살다 간다고 하지 않는가. 여기서 정착과 유랑의 대립적 구도構圖마저도 한 몸으로 해체하여 다시 응집한 '등신불'이라는 표상은, 그의 '못'이 좀 더 치열한 사유를 거쳐 변형되고 안착된 존재론적 모형인 셈이다. 그리고 이후 쓰인 '등신불 시편' 연작은 그러한 깨달음과 사유의 여러 표상을 전해 주는 미학적 성과를 올리고 있다 할 것이다.

안개 속에 갇혀 이틀을 보냈다
창문을 열면 안개가 흘러 들어와
아무것도 보이지 않는다
이곳 마을 사람들은 벽처럼 가로막는 안개 속에서도
길을 잃지 않는다
보지 않고도 보는 것처럼
보아도 못 본 것처럼
산도 나무도 모두 오리무중,

오늘 하루 나는 없다, 없다, 없다
생등신불이
이처럼 쉽게 될 줄이야!
―「나는 없다, 없다, 없다 ─ 등신불 시편 9」 전문

살아서도 산 적 없고 죽어서도 죽은 적 없는 '등신불'은 이제 '나'라는 존재를 아예 지워 버린 상태를 상상하게끔 해준다. 안개 속에 갇힌 이틀 동안은 창문을 열면 안개가 흘러 들어와 아무것도 보이지 않았다. 하지만 이곳 마을 사람들은 벽처럼 완강하게 가로막는 안개 속에서도 도무지 길을 잃지 않는다. 그야말로 보지 않고도 볼 수 있었던 것이다.

반면 보아도 볼 수 없는 것처럼 모든 것이 무중霧中인 경우도 얼마든지 있을 것이다. 이제 오늘 하루, '나'라는 존재는 있기도 하고 없기도 하다. 아니 "없다, 없다, 없다"라는 반복 속에서 "생등신불"이 되고 만다. 어렵지 않게 생등신불이 될 줄 몰랐다고 감탄하는 마음처럼, 이 시편에는 비非존재와 존재를 통합하고자 했던 김종철의 역리逆理의 상상력이 흔연히 나타나 있다.

시집 『등신불 시편』에 이어지는 '소녀경 시편' 연작이나 '산중문답 시편' 연작 또한 이렇게 김종철 시인이 다양하게 만난 풍경과 상황을 통해 '생등신불'에 이르는 상징적 과정을 여실하게 보여 주는 사례들일 것이다. 그 연작들 가운데 한 편씩 골라 읽어 보도록 하자.

구멍 속에 들어갔다가 나올 때

우리들은 늘 죽어서 나온다
어떤 때는 반쯤 죽어서 나온다
그런 날에는 벼랑 아래 한없이 나가떨어지듯
코를 골며 잠만 잤다

어디 그뿐인가
세상의 참호 속에 들어갔다
나온 날에도
우리들은 반쯤 골병들어서 나왔다
어떤 자는 아예 죽어서 실려 나왔다

소녀경이 이르기를
구멍 속에 들어갔다 나올 때는
죽지 말고 꼭 살아서 나와야 된다고
당부하였다
죽어도 죽지 않고 사는 법
소녀경이 내 나이 오십을 가르쳤다

—「구멍에 대하여 – 소녀경 시편 2」 전문

쓰르라미, 잠자리, 풀무치

생체로 잡아 핀으로 꽂아 두었다
푸들거리며 갇혀 떠는 곤충들이
우리들 눈에는 즐거웠다
더 이상 자라지 않고
더 이상 죽지 않는 그들의 여름을
우리는 추억처럼 간직했다

삼십여 년이 지난 요즘도
꿈속에서 화들짝 놀라 깰 때가 있다
아직 숙제를 끝내지 못한 여름 하나가
밤마다 나를 잡기 위해
포충망을 들고 따라다녔다
등에서 복부를 관통한 핀 하나가
나를 더 이상 꿈꾸지 않게
더 이상 떠돌지 않게
그 여름의 끝에 매달아 두었다
그때마다 곤충이 아니길 기도했지만
내 옆에는 벌써 두어 사람이
십자가에 못질되어 울부짖었다

—「곤충 채집 – 산중문답 시편 10」 전문

'구멍'이라는 원형 심상은 근원, 기원, 생성, 생명의 이미지를 지속적으로 견지한다. 언젠가 구멍 속으로 들어가 죽어 나오는 날에 벼랑 아래 한없이 나가떨어지듯 잠을 잔 이들과 세상의 참호 속에 들어갔다 골병이 들거나 죽어 나온 이들이 병치된다. 이때 시인은 어떤 구멍이든 그 속에 들어갔다 나올 때 죽지 말고 살아 나와야 한다고 당부한 경전을 호출한다. "죽어도 죽지 않고 사는 법"을 소녀경이 나이 오십에 가르쳐 준 것이다.

원래 『소녀경素女經』은 음양陰陽의 조화를 추구하는 중국 경전經典으로서, 시인은 그 안에서 가장 근원적인 생명의 요소를 은유하고자 했을 것이다. 여기서 죽어도 죽지 않고 살아가는 면모야말로 '등신불'의 연장선상에서 간취한 생명력의 이미지였을 것이다.

다음으로 '산중문답山中問答'은 중국 시인 이백李白의 유명한 한시漢詩에서 인유한 것인데, 여기서 시선詩仙 이백은 왜 산에 사느냐는 질문에 그저 빙긋 웃을 수밖에 없었노라고 노래한 바 있다. 김종철 시인은 어린 시절 숙제처럼 수행했던 '곤충 채집'의 순간을 기록하고 있다. 그 대상은 "쓰르라미, 잠자리, 풀무치" 등이었는데 생체로 잡아 핀으로 꽂아 둔 기억이 생생하기만 하다. 비록 그때는 "푸들거리며 갇혀 떠는 곤충

들"이 눈에 즐거웠고 그것을 추억처럼 간직했지만, 이제 오랜 세월이 흘러 시인은 아직도 숙제를 끝내지 못한 여름 하나가 포충망을 들고 따라다니는 꿈을 꾼다. "등에서 복부를 관통한 핀 하나"가 시인으로 하여금 더 이상 떠돌지 않게 매달아 두었는데, 그 곁에는 벌써 두어 사람이 십자가에 못 박혀서 울부짖고 있다는 설정은 '곤충 채집'이라는 추억이 이제 일상의 난점으로 바뀌어졌다는 점을 시사한다. '곤충 채집'이 가지는 생명을 억압하는 속성과 자신의 일탈을 막아 준 속성을 교차하여 쓴 시편이라 할 것이다.

여기까지 우리가 살핀 김종철의 시적 도정은 크게 세 단계로 전개되어 왔다고 할 수 있다. 초기 시를 통해 따스하고 심미적인 생성의 마음과 전쟁을 증언하는 준열한 마음을 동시에 보여 주었던 그는, 그다음에 경험적 구체성에 바탕을 둔 우수를 지나 실존적 상상력에 바탕을 둔 인간 존재의 형식에 대한 관심을 환하게 보여 주더니, 『못에 관한 명상』 이후부터는 인간 존재의 가장 근원적인 문제들에 대한 천착을 섬세하게 이루어 낸 것이다.

이러한 과정을 우리는 한 편의 자아 완성 드라마로 비유하여 읽어도 좋을 것이다. 말하자면 '재봉'과 '죽음의 둔주곡'에서 출발하여, '오이도'와 '그날'을 지나, '못'과 '등신불'의 상징에 안착하기까지, 그의 상상력과 언어는 차츰차츰 따뜻한 감성과 지적 치열성의 결속을 점증漸增해 간 것이다.

그런데 우리는 이러한 시적 진화進化의 어둑한 이면에 시인이 정말 가장 공들이고 있는 시적 권역이 하나 더 있다는 사실을 놓쳐서는 안 된다. 그것이 바로 시인 김종철의 '유년'과 '고향' 그리고 '어머니'에 대한 각별한 기억이다. '못의 시인' 김종철의 탄생을 가능하게 한 것도 이러한 원형들의 존재 때문이었을 것이다. 이 독특한 음역은 시기별로 다양하게 전환되는 것이 아니라, 어느 때나 그의 시편의 심층을 흐르고 있던 기억의 원형이자 시적 종착지終着地이기도 했을 것이다. 이제 그 존재론적 기원起源을 향한 김종철 시인의 상상적 역류逆流 과정을 정성스럽게 한번 따라가 보도록 하자.

'어머니'라는 존재론적 기원

우리가 잘 알듯이, 서정시는 시인 스스로 자신의 삶과 사유를 점검하고 성찰하려는 자기 확인의 속성을 강하게 띠게 마련이다. 김종철의 시는 자기 인식과 확인의 욕망을 제일의 에너지로 삼으면서 삶의 심연을 탐색하고 성찰하려는 정서적, 심미적 의지를 강렬하게 보여 주는 세계이다. 그의 시편이 가지는 이러한 속성은 자기 인식의 의제들을 충실하게 수행하면서 새로운 존재론적 차원을 한껏 상상하게끔 해준다.

따라서 그의 시가 노래하는 인생론에는 지나온 시간에 대한 기억의 원리가 한결같이 내재해 있는데, 이때 '기억'이란 대상에 대한 세세한 재현 결과가 아니라 시인의 현재적 의지에 의해 구성되는 형상으로 다가오게 된다. 또한 김종철의 시는 지나온 시간을 호명하면서 기억의 힘을 통해 어떤 존재론적 기원origin을 탐색하려는 의지에서 태어나고 펼쳐지고 완결된다. 그래서 우리가 김종철의 시를 읽는 것은 그러한 인생론을 공감적으로 경험하는 일일 뿐만 아니라 인간의 근원적 존재 형식에 대한 탐구에 흔연히 참여하는 일도 겸하게 되는 것이다.

2000년대에 들어 김종철은 '시'와 '일' 모두에서 큰 확장성을 보여 준다. 먼저 2000년 10월에 ㈜문학수첩 법인을 설립하고 다섯 번째 시집 『등신불 시편』을 펴냈다. 이 시집의 표제시편으로 제13회 정지용문학상을 수상하였다. 2003년 계간 문예지 『문학수첩』을 창간하여 초대 편집위원을 김재홍, 장경렬, 김종회, 최혜실 교수로 구성하였다. 2005년 2기 편집위원으로는 권성우, 유성호, 방민호, 박혜영이 이어서 활동하였다. 그해에 형제 시인 시집 『어머니, 우리 어머니』(문학수첩, 2005)가 간행되었고, 같은 해 7월 남측 대표로 남북 민족문학 작가 대회에 참가하여 평양을 방문하였다.

김종해 시인과 펴낸 공동 시집 『어머니, 우리 어머니』에는 '어머니'에 대한 그리고 그의 '유년'과 '고향'에 대한 선연한 삽화들이 아름답게 각인되어 있다. 말하자면 '유년'이라는 시간 형식과 '고향'이라는 공간 형식이, 그의 시편들에서 '어머니'

라는 궁극적 형식 안에 통합되어 나타난 것이다. 김종철 시인은 "그 시절의 투명한 눈물과 마음을 모아,/당신께서 떠난 지 15주기 되는 어머니날을 맞아 펴냅니다"(『시집 첫머리에-어머니, 가난도 축복입니다』)라고 하였는데, 일찍이 '못에 관한 명상' 연작 시편의 하나로 쓰인 다음 작품은, 이러한 '어머니'에 대한 가없는 기억의 깊이와 너비를 한꺼번에 보여 주고 있다.

어머니 유해를 먼 바다에 뿌렸다
당신 생전 물 맑고 경치 좋은 곳
산화처로 정해 주길 원했다
그런데 이게 어찌 된 일인가
비 오고 바람 불어 파도 높은 날
이토록 잠 못 이루는 나는 누구인가
저놈은 청개구리 같다고
평소 못마땅해하셨던 어머니가
어째서 나에게만 임종 보여 주시고
마지막 눈물 거두게 하셨는지 모르지만
당신 유언대로 물명산을 찾았는데
오늘같이 비만 오면 제 어미 무덤 떠내려간다고
자지러지게 우는 청개구리가

이 밤 내 베개맡에 다 모였으니 이를 어쩌나

한 번만 더, 돼지 발톱 어긋나듯

당신 뜻에 어긋났더라면

비 오고 바람 부는 날

이처럼 청개구리가 되어 울지 않아도 될 것을.

—「청개구리」 전문

　우리에게 잘 알려져 있는 '청개구리' 우화를 핵심적으로 인유하면서, 김종철 시인은 어머니의 가없는 사랑과 자신의 한없는 모자람을 대조적으로 노래하고 있다. 어머니께 정성을 다하지 못한 괴로움 때문에 잠 못 이루는 스스로에 대한 가열한 반성을 애틋하고 아름답게 보여 주는 이 시편은, 어머니가 "어째서 나에게만 임종 보여 주시고/마지막 눈물 거두게 하셨는지" 하는 생각으로 성찰의 권역을 넓혀 가고 있다. 그리고 청개구리 울음 소리가 베개맡에 다 모였을 때, 마지막으로 당신 뜻을 들어드렸지만 한 번만 더 "당신 뜻에 어긋났더라면" 자신이 청개구리가 되어 울지 않아도 되었겠다고 생각하는 것이다.

　어머니의 임종 시점을 둘러싼 '청개구리'의 알레고리가 돌아가신 어머니를 향한 김종철 시인의 그리움을 더욱 크게 해 주고 있다. 이처럼 시인의 의식과 무의식 속에 각인된 존재론적 기원에 대한 시간 경험은 가장 중요한 그의 시적 내질內質을 이루어 주었다.

하지만 그 안에 담긴 것이 지나간 시간에 대한 일방적 미화나 퇴행 욕구는 아닐 것이다. 그의 작품에서는 시간의 불가역성에 대한 찬탄이나 안타까움보다는 시간의 흐름을 불가피한 실존 형식으로 받아들이면서 거기서 비롯되는 유한자로서의 자기 확인이 잔잔히 배어 나오기 때문이다. 그래서 그의 시에 나타나는 부재감은 절망이나 달관으로 빠져들지 않고 세계내적 존재로서의 인간이 가지는 고유한 긴장과 그에 대한 성찰을 제공하고 있다 할 것이다.

특별히 일회성과 불가역성을 본질로 하는 근대적 시간관념에 저항하면서 삶의 보편적 형식으로서의 시간의 흔적을 탐사하여 되살리고 있는 그의 작업이 유의미한 까닭 역시, 과잉 발언을 억제하면서 멈출 줄 아는 그의 심미적 의지 때문이다. 어쨌든 그의 시는 시간에 대한 경험으로서의 기억을 노래한 미학적 결실로서 우리 모두를 근원적인 존재론적 기원으로 인도해 가는 세계이다.

특별히 어머니에 대한 기억을 품은 채 흘러가는 시간을 노래한 시편들은, 더더욱 존재론적 기원에 대한 그리움을 강렬

하게 담아낸 성취라고 할 수 있을 것이다. 이러한 어머니의
형상이 가장 구체적이고 아프게 다가오는 대표적인 사례가
다음 시편일 것이다.

어머니는 새벽마다
조선간장을 몰래 마셨다
만삭된 배를 쓰다듬으며
하혈을 기다렸다
입 하나 더 느는 가난보다
뱃속 아이 줄이는 편이 수월했다
그러나 아랫배는 나날이 불러 오고
김해 김씨 가마솥에는
물이 설설 끓기 시작했다

그날 누군가 바깥 동정을 살폈다
강보에 싸인 아기는
윗목에서 마냥 울기만 하였다
아랫마을 박씨는 아직 오지 않았다
고추 달린 덕에 쌀 몇 가마니 더 받게 되었다
그러나 핏줄과 인연이 무엇인지

눈치챈 누나는 아기를 놓지 않았다

굶어도 같이 굶고 살아도 같이 살자는
어린 딸이 눈물로 붙들어 매었다
어머니는 젖을 물렸다
어머니의 젖에서는 조선간장 냄새가 났다

어머니,
지금도 그 가난이 나를 붙들고 있는 것은
조선간장 때문만이 아닙니다
지금도 그 핏줄이 나를 놓지 않는 것은
눈물 때문만이 아닙니다
그것은 어머니만 아십니다
오늘 당신 영정 앞에 남몰래 흘리는 눈물이
조선간장보다 더 짜고 고독한 것을!

　─「조선간장」 전문

　이 마음 아픈 가난의 서사는, '조선간장'이라는 제목에서
기운을 빌려 조선 산하山河를 살아간 이들의 보편 서사로도
읽을 수 있고, '시인 김종철'의 개별적 실존을 구성해 준 유일

서사로 해석해 볼 수도 있을 것이다. 어쨌든 어머니는 새벽마다 조선간장을 남몰래 마셨다. 해산을 앞둔 부풀어오른 배를 쓰다듬으면서 간장으로 인한 하혈을 기다린 것이다. 심화될 가난 걱정에 어머니는 "뱃속 아이 줄이는 편"을 택하였는데, 이 슬픈 중절 기획은 실패하였고 강보에 싸인 아기는 윗목에서 마냥 울기만 했다. 핏줄과 인연을 앞세운 누나가 "굶어도 같이 굶고 살아도 같이 살자"며 아기를 놓지 않아 결국 아기는 어머니의 젖을 물게 된다. 그때 어머니의 젖에서 난 "조선간장 냄새"야말로 '시인 김종철'의 항구적 DNA가 되지 않았겠는가.

비록 지금도 그 가난에 붙들리고 있지만 그것이 조선간장 때문만은 아니고, 지금도 그 핏줄이 놓지 않고 있지만 그것이 눈물 때문만은 아니라고 노래하는 그의 목소리에 어머니의 고통과 번민과 사랑이 흐르고 있다. 어머니 영정 앞에 남몰래 흘리는 눈물이 "조선간장보다 더 짜고 고독"한 것도 그러한 고통과 번민과 사랑 때문일 것이다. 이 놀라운 체험 시편은 김종철의 탄생과 성장사의 중요한 밑그림이 되어 주면서 '어머니'라는 상(像)을 원형적으로 설계해 준 결실로 남을 것이다.

나는 어머니를 엄마라고 부른다

사십이 넘도록 엄마라고 불러

아내에게 핀잔을 들었지만

어머니는 싫지 않으신 듯 빙그레 웃으셨다

오늘은 어머니 영정을 들여다보며

엄마 엄마 엄마, 엄마 하고 불러 보았다

그래그래, 엄마 하면 밥 주고

엄마 하면 업어 주고 씻겨 주고

아아 엄마 하면

그 부름이 세상에서 가장 짧고

아름다운 기도인 것을!

—「엄마 엄마 엄마」 전문

엄마

어머니

어머님

당신을 부르기엔

이제 너무 늙었습니다

엄마 하며 젖을 물고

어머니 하며 나란히 길을 걷고
어머님 하며 무릎 꿇고 잔 올렸던

당신 십 주기十週忌 제사상에
북어 대가리 같은 무자無字 하나
눈을 감습니다

—「사모곡」 전문

　나이 사십이 넘도록 '어머니'를 '엄마'라고 불러서 아내에
게 핀잔까지 들은 시인은 이제 어머니 영정을 들여다보면서
"엄마 엄마 엄마, 엄마 하고 불러" 본다. 시인의 기억에 '엄마'
라는 호격呼格에는 항상 보상이 따랐는데, 그때그때 밥을 주
시고 업어 주시고 씻겨 주시던 어머니의 정성과 사랑이 하염
없는 환청幻聽 속에서 살갑게 재현된 것이다. 그래서 시인은
'엄마'를 부르는 순간이 "세상에서 가장 짧고/아름다운 기도"
라고 노래한 것이다.
　그런데 그렇게 "엄마/어머니/어머님"이라고 불러 온 시인
도 이제 나이 들어 어머니의 젖을 물고 어머니와 나란히 걷
고 어머니께 무릎 꿇고 잔 올렸던 시간을 회억回憶하고 있다.
10주기 제사상에 "북어 대가리 같은 무자無字" 하나 눈을 감는

다고 스스로의 '사모곡思母曲'을 완성하고 있다. 그렇게 어머니와 겪은 가난 서사를 "진실로 축복"(『시집 첫머리에』)이었다고 기억하는 시인의 마음은, 어머니라는 기억의 원형을 시적으로 끊임없이 불러 오고 있다.

잘 살펴보면, 김종철 시의 중심에는 언제나 '아내'나 '딸'이 놓여 있고, 그 한복판에 '어머니'가 가로놓여 있다. 이렇듯 여성 삼대三代라 부를 수 있는 이들에 대한 헌사의 지속성은 우리 현대 시사에서 유례를 찾아보기 어려운 개성적 삽화일 것이다. 시집 『어머니, 우리 어머니』의 세계가 농밀하게 전해 준 목소리 역시 모성의 세계에 대한 한없는 그리움의 서사를 가득 품고 있다 할 것이다.

나아가 김종철 시인은 제6시집 『못의 귀향』(시학, 2009)을 출간하는데, 이 시집 역시 기억의 원형을 향한 열망이 충일하게 번져 있는 성과라고 할 수 있을 것이다. 그 안에 실린 「초또 마을 시편」 연작은 '어머니'를 향한 기억을 더욱 심화하고 있는데, 여기서 '초또 마을'은 하루에 두 번 새벽이 오는 곳으로 표현되어 있다. 이 연작은 '초또 마을'의 어머니와 가족, 몇 채밖에 살지 않은 외사촌들과 마을 사람들, 산새와 바닷새가 어울리지 않는 이야기들을 기막히게 담아냈다.

"못의 사제로 나를 한없이 느리게 키워 준 곳, 오늘은 비록 나를 받아 주지 않아도 내 시의 출발과 못의 유서는 이곳에서 다시 쓸 것입니다"(「시인의 말」)라고 한 그의 말처럼, 이곳에 대한 선명한 기록은 김종철 시인의 출발지를 열정적으로 탐사하고 재현한 결과로 우뚝하게 다가온다. 한 시대의 풍물이나 인물의 보고寶庫로도 손색없는 고고학적 탐사 기록이기도 할 것이다.

여기서 우리는 김종철 시인이 근원의 아름다움으로 귀환하고자 하는 간절한 마음을 가지고 있음을 읽어 볼 수 있다. 시인은 원초적인 자기동일성을 통해 상상적 귀환의 시간을 아름답게 구축하는데, 오랫동안 떠나 있던 근원의 기억과 포옹하고 화해하면서 거기에 실존적 의미를 한껏 부여해 간다. 이처럼 한 영혼의 기억을 촘촘하게 기록한 그의 서정시는 삶이 이성에 의해 선조적으로 진화하는 것이 아니라 그러한 선재적 관념을 넘어서면서 새로운 상상적 질서를 구축하는 쪽으로 흘러가는 것임을 분명하게 알려 준다.

시인은 이러한 서정시의 오랜 규정을 낱낱이 충족하면서 멀고도 깊은 자신의 기원을 내면으로부터 회복하려는 열망을 보여 주었다. 특별히 우리가 상실한 가장 중요로운 삶의 표지標識들을 공들여 복원함으로써 항구적인 미학적 항체를 스스로에게 건네고 또 수납해 간 것이다.

어머니는 물동이를 이고 우물가로 갔습니다

밤나무 숲에 이르자 갑자기 천둥 번개가 치고

소나기가 쏟아지면서 캄캄해졌습니다

그 순간 우물에서 무지개가 솟아올랐습니다

아름다운 무지개가 탐이 난 어머니는

두레박줄 잡듯 힘껏 낚아챘습니다

꿈쩍도 않는 무지개 다발을

어머니는 치마로 감싸 안으며

이빨로 하나씩 끊어 내었습니다

한 다발 가까이 쑥 뽑혀 나온 무지개를

남 볼세라 치마 속에 둘둘 말아

한달음에 집으로 달렸습니다

어머니는 장롱 깊숙이 숨겼습니다

형과 누나의 실타래도 넣어 둔

오래된 장롱 속이었습니다

어머니 태몽은 아직 끝나지 않았습니다

내 나이 이순, 몸 깊이 숨겨 둔

당신의 무지개가

저세상 잇는 다리로 다시 뜨는 날

나는 한 마리 학 되어

한 생애를 날아오를 것입니다

—「어머니의 장롱 – 초또마을 시편 2」 전문

'어머니'를 따라다니는 김종철 시의 이미지는 여럿 있다. 바느질이 있고, 조선간장이 있고, 그것을 관통하는 가난이 가운데 버티고 있다. 여기에 '장롱'이 추가될 법하다. 어머니께서 물동이를 이고 우물가로 가시자 갑자기 천둥 번개가 치고 소나기가 쏟아지고 주위가 캄캄해지더니 우물에서 무지개가 솟아올랐다. 어느새 어머니는 두레박줄 잡듯 힘껏 무지개를 낚아채시어 무지개 다발을 치마로 감싸 안으시더니 이빨로 하나씩 끊어 내시는 게 아닌가.

이 환상적인 장면은 어머니의 남다른 집념과 에너지를 보여 주는 인상 깊은 대목이다. 끝내 어머니는 한 다발 가까이 뽑혀 나온 무지개를 치마에 말아 집으로 달려오셔서 형과 누나의 실타래를 넣어 둔 오랜 장롱 속에 깊이 숨기신 것이다. 그렇게 어머니의 태몽은 아직 끝나지 않았고, 깊이 숨겨 둔 어머니의 무지개는 저세상과 이어주는 다리로 다시 뜨는 순간을 맞이하게 될 것이다.

나이 이순耳順을 맞은 김종철 시인이 그제야 자신은 한 마

리 학이 되어 한 생애를 날아오를 것이라고 노래한 이 시편
에서 '장롱'은 가난과 아름다움이 섞여 있는 '어머니'라는 존
재론적 기원의 둘도 없는 적소謫所이자 성소聖所였음을 알려주
고 있다 할 것이다.

유년 시절 어머니가 사 남매 키운 밑천은
국수 장사였습니다
부산 충무동 좌판 시장터에서
자갈치 아지매들과 고단한 피란민에게
한 그릇씩 선뜻 인심 썼던
미리 삶은 국수 다발들
제때 팔리지 않은 날은
우리 식구 끼니도 되었습니다
내가 세상에서 가장 좋아하는 것은
불어 터진 국수입니다
눈물보다 부드럽게 불어 터진 가난
뜨거운 멸치 다싯물에 적신
저 쓰러지다 일어서는 시장기를
아직도 그리워합니다
배 아픈 날 당신 약손이 그립듯

어쩌다 놓친 늦은 저녁

뽀얀 김 후후 불며 식혀 먹던

불어 터진 허기가

오늘은 내 생의 삐걱이는

나무 걸상에 걸터앉아 당신을 기다립니다

—「국수 – 초또마을 시편 7」 전문

시인 백석白石은 「국수」라는 작품에서 "아, 이 반가운 것
은 무엇인가/이 히수무레하고 부드럽고 수수하고 슴슴한 것
은 무엇인가/(…)/이 조용한 마을과 이 마을의 의젓한 사람들
과/살틀하니 친한 것은 무엇인가/이 그지없이 고담하고 소박
한 것은 무엇인가"라고 낭만적 기억의 한 컷을 노래했다. 하
지만 김종철은 '국수'를 어머니에 대한 기억을 매개하는 가난
의 상징물로 형상화하였다. 그것이 바로 "유년 시절 우리 어
머니가 사 남매 키운 밑천"이었기 때문이다. 어머니가 팔던
'국수'가 제때 팔리지 않을 때는 영락없이 "우리 식구 끼니"가
되었다고 시인은 기억하고 있다. 그래서 그가 세상에서 가장
좋아하는 국수는 "불어 터진 국수"이다. 오랜 시간의 기다림
이 스며 있는 그 "불어 터진 국수"는 "눈물보다 부드럽게 불
어 터진 가난"과 어느새 의미론적 등가물로 전환되고 만다.

불어 터진 국수를 가장 좋아한다는 이 반어적反語的 표현이 그의 "뜨거운 멸치 다싯물에 적신/저 쓰러지다 일어서는 시장기"를 더욱 실감 있게 전달해 주고 있지 않은가. 그러한 생생한 기억을 통해 김종철 시인은 "뽀얀 김 후후 불며 식혀 먹던/불어 터진 허기"를 삐걱이는 생 한가운데서 다시 느끼고 있는 것이다.

이처럼 김종철의 '초또 마을' 연작은 그의 '유년'과 '고향'과 '어머니'에 대한 내러티브를 근간으로 하면서 지속적으로 창작되었다. 여기에는 오랜 세월 고향을 떠나 살아온 이의 가없는 그리움이 아름답게 구현되어 있는데, 사라져 가는 시간에 대한 서늘한 예감과 함께 새롭게 다가오는 그리움을 한꺼번에 베어 무는 과정을 그의 시는 담아내었다. 경험과 상상, 소멸과 신생의 기운이 이채롭게 결속된 세계를 통해 현재형 속에 숨겨진 과거 풍경을 섬세하게 재현하면서도 그때의 한 순간을 역동적으로 현재화하는 과정을 보여 준 것이다. 김종철 시인은 서정시가 고유의 기억을 통해 불모성을 치유하고 새롭게 소통 가능성을 열어 가는 양식임을 증언하면서 그 고유한 기억을 따라 사라져 가는 것들의 아름다움을 경험하게끔 해 준 것이다.

신혼 시절 가끔 부부 싸움을 하였습니다

그때마다 아내는

나를 자신의 십자가라고 했습니다

남몰래 울기도 했다 합니다

나는 오래도록 잊지 않았습니다

이제는 환갑에 이른 내가

아내의 십자가에서 내려갈 차례가 되었습니다

개밥바라기별이 뜰 때까지

망치 든 자는 못대가리만 보고 있습니다

저무는 당신의 강가에는

아직 세례자 요한이 오질 않았습니다

—「아내의 십자가」 전문

시인은 '어머니'에 대한 기억을 구체적 심상으로 수행하면서, 먼 기억의 나날들을 절실하게 불러들인다. 당연히 이러한 기원에 대한 회상에는 타자의 무의식이 들어설 틈이 생겨나지 않는다. 그러나 그렇게 기원을 탐색하고 영혼의 파문을 마련해 가는 시인의 언어는 자기 충족을 넘어 어머니의 따뜻한 삶으로 언어의 중심을 옮겨 간다. 그분은 누군가의 어머니이기 이전에 따뜻한 삶을 꾸려 온 우리 시대의 빛줄기이셨기 때문이다.

이렇게 어머니의 삶에 대한 통찰을 구축해 가는 김종철 시인은 구체적 실감을 통해 존재자들의 컨텍스트를 재현해 가는 서정시인이기도 한 것이다. 이 또한 몸에 새겨진 존재론적 기원에 대한 그리움을 새삼 언표해 가는 서정시의 오롯한 순간일 것이다.

그러다가 위의 작품에서 시인은 어머니의 사랑이 어제의 기억이라면 아내의 존재는 현재의 축복이라고 노래한다. 신혼 시절 가끔 부부 싸움을 하기도 했던 아내는 그때마다 시인더러 "자신의 십자가"라고 했다. 남몰래 오래도록 울기도 했을 그때 아내의 말과 모습을 시인은 결코 잊지 않았다. 이제 이순에 이르러 시인은 자신이 "아내의 십자가"에서 내려갈 차례이며, 개밥바라기별이 뜰 때까지 망치를 들고 못대가리만 바라보고 있다고 고백한다. 저무는 강가에서 아직 오지 않은 세례자 요한을 기다리듯이, 시인은 '아내의 십자가'가 자신을 여기까지 끌어왔으며 앞으로도 그 사랑과 애착이 더욱 강렬한 예언과 예감 속으로 빨려들어 갈 것을 느낀다. 그렇게 '어머니'와 '아내'는 시인 김종철의 더없는 존재론적 기반이었던 것이다.

1990년대 내내 시단을 뜨겁게 달구었던 탈脫근대 담론은 우리 시의 엄숙주의와 계몽성에 일정한 반성적 계기를 부여한 바 있고, 기존의 언어 권력을 해체하고 재구성하는 데 중요한 기반을 제공하기도 하였다. 그와 동시에 이러한 담론은 한국 시에서 가장 중요한 시적 요소이자 핵심 자질이었던 삶의 비극성에 대한 천착과 전망을 하나하나 지우는 폐단을 키워 나갔다. 심지어는 시를 통한 인문적 통찰이 가장 낡은 방식으로 내몰리기까지 하였다.

이러한 미학적 근시성은 우리에게 시의 대안적 가능성에 대한 깊은 사유를 요청하게 되었다. 말할 것도 없이, 이는 시가 어떻게 개별화된 사유에 다다를 수 있는지에 대한 미학적 대망과 관련된다. 김종철 시인은 이러한 시대적 조건 속에서도 '어머니'와 '아내'를 시적 주인공으로 재현하면서 스스로의 존재론을 확연하게 구축해 간 것이다.

우리는 김종철 시인 자신의 원형이라고 유추할 수 있는 존재론적 기원이 등장하는 시편들을 소중하게 간직하고자 한다. 여기서 존재론적 기원이란 근본적으로 환원주의적 귀속성과 유아론적 배타성을 일정하게 가질 수밖에 없다. 존재의 깊은 뿌리가 거기서 나오고 또 거기로부터 뻗어 가기 때문이다.

하지만 시인의 성숙한 정신은 그러한 뿌리를 원천으로 삼되 폐쇄적 배타성에 빠지지는 않는다. 오히려 존재의 통합성을 유지하면서 그것을 소중한 실존의 형상으로 받아들일 뿐이다. 김종철 시인이 찾아가는 존재론적 기원 역시 이러한 두텁고 깊은 기억의 형상을 수반하고 있는데 그 언저리에는 자연스럽게 '어머니'가 등장하신다. 그분은 시인의 생애 날줄과 씨줄을 이루고 계시기도 하다.

결국 김종철 시인은 자신을 가능하게 해 준 오래도록 소중한 존재자들의 기억을 향해 자신의 그리움을 담아갔다. 그래서 그의 시에는 지나간 시간에 대한 기억을 인생론적 성찰로 옮기려는 일관된 지향이 담겨 있고, 그러한 힘을 모아 남다른 시간의 깊이를 탐색하고 표현하려는 견고한 의지가 숨 쉬고 있다. 시인은 서정시가 근원적으로 시간에 대한 경험 형식으로 쓰이고 읽힌다는 점을 증언하면서 서정시와 시간이 불가피한 서로의 원질原質임을 새삼 확인해간 것이다.

지나간 시간에 대한 섬세한 경험 형식을 통해 원형적이고 훼손되지 않은 기억을 재현해 간 시인의 모습이 아련하게 기억 속으로 찾아온다. 요컨대 그것은 「재봉」의 따뜻하고 아름다운 세계와 『못에 관한 명상』과 『등신불 시편』의 통찰이 서

로 어울리면서 더욱 깊은 존재론적 깊이를 얻어 간 과정을
뜻하는 것이기도 하다.

'못'의 확장과 심화 과정

김종철의 시에는 삶의 가장 깊은 심연을 응시하면서도 그 깊이를 건너 새로운 정신의 세계를 개진해 보려는 미학적 의지가 충일하게 번져 간다. 그 안에는 삶의 궁극적 차원에 대한 시인 자신의 강한 열망이 내재해 있는데, 그 과정을 수행해 가는 시인의 목소리는 드물게 트여 있으며 그 결과 김종철의 시는 삶의 보편성과 특수성을 결합하는 성과를 얻어 내고 있다. 어둑한 슬픔이나 쓸쓸함을 담아낼 때에도 그 안에 매우 구체적인 삶의 세목을 응축하고 있다는 점에서 김종철 시인은 개별성과 보편성을 통합하는 시의 사제司祭로서 단연 돌올하다.

결국 우리는 그의 시를 통해 서정시가 개인적 경험의 필연적 산물임과 동시에 삶의 가장 궁극적인 차원을 노래하는 보편적 양식이기도 하다는 것을 알게 된다. 그런가 하면 김종철의 시는 상황의 구체성 속에서 일상의 눈으로는 지나치기 쉬운 삶의 보편적 이치를 추구해 가는 특성도 견지하고 있다. 거대한 우주의 운행도, 극소화된 미물의 움직임도 모두 자신만의 문법을 얻게끔 하고 있는 이러한 내공이야말로 시인 특유의 존재론적 발견을 돕고 있는 셈이다.

그렇게 김종철 시인은 유려하고 심원한 생명 원리를 포용하면서도 다양한 표상으로 생명 지향의 사유와 감각을 펼쳐 간다. 한 편 한 편의 완결성과 그것들끼리 결속하는 연대감이 두드러진 세계를 침착하고 중중하게 구현해 간 것이다. 그러한 김종철 시인의 후기작은 커다란 스케일과 함께 보편적이면서 진중한 인간 본질에 관한 사유를 두루 결합하고 있는데, 가령 제7시집『못의 사회학』(문학수첩, 2013)은『못에 관한 명상』이후 '못'이라는 구체적인 사물의 의미를 집중적으로 탐색하여 온 미학적 결실의 최종 완성형이라고 할 수 있다.

특별히 이 시집은 '못'의 존재론에서 '못'의 사회학 혹은 관계론에까지 시각을 넓혀 감으로써 그의 탐구가 존재론에서 사회학으로, 사물의 상징에서 신성의 경지로까지 확장되고 심화되는 예술적 과정을 충실하게 보여 주었다. 이러한 예술적 성취는 '못'에 관한, '못'을 향한 일관된 심미적 의식 속에서 길어 올린 인생론을 담아내고 있다 할 것이다.

대패질을 한다
결 따라 부드럽게 말려 오르는
밥은 밥인데 못 먹는 밥
당신의 대팻밥
죽은 나무의 허기진 하루
등 굽은 매형의 숫돌 위에
푸르게 날 선 눈물이
대팻날을 간다

자주 갈아 끼우는 분노의 날 선 앞니
이빨 없는 불평은
결코 물어뜯지 못한다
먹어도 먹어도 배부르지 않는
대팻밥을 뱉으며
가래침 같은 세상을 뱉으며
목수는 거친 나뭇결을 탓하지 않는다

시시비비

입은 가볍고

혓바닥만 기름진 세상

먹여도 먹여도 헛배 타령하는

대패질은 자기 착취다

비껴 온 세상의 결 따라

날마다 소멸되는 나사렛 사람

나의 목수는 밥에서 해방된 천민이다

—「대팻밥 – 못의 사회학 3」 전문

김종철 시인은 자신이 살아오면서 마주쳤던 기억들을 진정성 있게 노래하면서 아름다운 원형적 기원으로 자신을 이끌어 가는 일관성을 보여 준다. 그의 시는 자기 기원으로 거슬러 오르려는 미학적 에너지와 함께 그것의 불가능성에 대한 슬픔을 함께 드러내는 복합적 세계인 셈이다. 그 세계의 내질은 인생론적 고처高處를 향한 흠모와 소망에서 찾아진다.

결 따라 부드럽게 말려 오르는 대팻밥을 바라보면서 "죽은 나무의 허기진 하루"를 생각한다든지, "푸르게 날 선 눈물"로 대팻날을 가는 목수의 삶을 생각하는 시인의 품은 자연스럽게 나사렛 사람 예수를 떠올리게 해준다. "분노의 날

선 앞니"나 "이빨 없는 불평"을 훌쩍 넘어 시인은 "목수는 거친 나뭇결을 탓하지" 않듯이 "비껴 온 세상의 결 따라/날마다 소멸되는 나사렛 사람"의 삶으로 나아가는 것이다. 바로 "나의 목수는 밥에서 해방된 천민"인 셈이니 말이다.

이처럼 시인은 존재자들이 사라져 가면서 남기는 흔적이나 잔상을 통해 삶을 완미하게 탐구해 간다. 그의 시가 스스로 삶을 탐색하고 성찰해 가는 이른바 자기 확인의 속성을 띠는 것도 이 때문이다. 이러한 속성에 덧붙여 김종철 시의 창작 동기는 삶을 성찰하는 정서적 과정을 겪어 가게 되는데, 이때 시인이 견지하는 성찰의 에너지는 자기 인식의 과제를 충실하게 수행하면서 새롭고 아름다운 인간 존재론을 지향하게 된다. 그때 그는 궁극적 자기 귀환의 과정을 통해 어떤 존재론적 고처高處를 지향하게 된다.

무두정은 대가리가 없다
박힌 몸이 돌출되지 않고 묻히므로
크게 거슬리지 않는다
아무도 개의치 않는다
그날 그렇게 목 잘려 순교했다

이제 아무 대답 없는 통곡의 벽

저마다 자신의 작은 절벽 틈에

쪽지를 끼우고

눈물 없이 울며 울며 울며

끄덕이는데

그렇구나

너, 회임하지 못하는 유대인아

네가 박고 또 박았던 배반의 대못

그 못대가리 중 하나만이라도

무화과나무 아래에서 나를 보았더라면

요람에서 무덤까지

대갈통 없는 무두정 꼴 되지 않았을걸!

―「무두정無頭釘에 대하여」 전문

　여기서 '무두정無頭釘'은 대가리가 애초부터 없는 못을 말한다. 무두정을 박으면 박힌 몸이 돌출되지 않고 묻히므로 크게 눈에 거슬리지 않아 아무도 개의치 않게 된다. 그러한 '무두정'처럼 목 잘려 순교한 이들의 역사를 담은 "아무 대답 없는 통곡의 벽"에서 시인은 저마다 자신의 작은 절벽 틈에 쪽지를 끼우고 눈물 없이 우는 이들을 바라본다. "회임하지 못

하는 유대인"들의 역사를 바라보면서 "네가 박고 또 박았던 배반의 대못"의 순간을 떠올린다. 만약 그 못대가리 하나만이라도 무화과나무 아래의 '나'를 보았더라면 이렇게 철저하게 "대갈통 없는 무두정 꼴"은 되지 않았으리라 생각해 보는 것이다.

어쩌면 시인은 '무두정'에 자신의 모습을 대입하면서 '못'의 실존을 심화하는 것이기도 하고, 통곡의 벽에서 더 이상 회임하지 못하는 유대인들을 생각하면서 지상의 뭇 목숨들로 관심을 확장해 가는 것이기도 하다. 그리고 그러한 확장과 심화 과정을 가능하게 해 준 '시'와 자신을 이끌어 갈 '시간'을 동시에 사유하는 것이다. '못'의 역사적 확장 과정이 선연하게 눈에 들어오는 작품이다.

갠지스 강가에서
몸을 적셨다
머리부터 발끝까지
죄를 씻었다

천국이
하늘에 있다면

나는 새들이 먼저 들 것이고

물속에 있다면

물고기가 먼저 들 것이라고

땅의 사람이 외쳤다

물고기의 뼈와

새의 깃털만 흐르는

천국의 강가에서

나는 시만 씻었다

—「시를 씻다」 전문

오늘은 나, 내일은 당신

부음 듣는 것, 덤덤한 일이다

마지막이라는 말

불시에 듣는 것, 정말 덤덤한 일이다

오늘의 운세는 오늘 사는 자의 몫

어제 죽은 신문의 부음란과 함께

하늘보다 더 높은 창

하나 내고 싶은 까닭이 여기 있었구나

살아서는 세워 두고

죽어서는 눕혀 놓은

우리들의 작은 깃발

오늘은 나, 내일은 당신!

　　—「우리들의 묘비명」 전문

　김종철 시인은 갠지스 강가에서 몸을 적시면서 머리부터 발끝까지 죄를 씻고 있다. 천국에 들어가는 것은 새와 물고기들이 훨씬 더 먼저일 것이지만, 지상의 인간으로 태어나 시를 써 온 시인으로서 "물고기의 뼈와/새의 깃털만 흐르는/천국의 강가"에서 '시'를 씻고 온 것이다. 이때 시를 씻는 시인의 마음은 자신이 써 온 시가 스스로의 존재론을 깨끗하게 완성하련다는 다짐을 품고 있는 것일 터이다.

　뒤의 시편에서는 '묘비명'이라는 이미지를 불러 와 "오늘은 나, 내일은 당신"의 순서로 마지막처럼 찾아오는 부음을 덤덤하게 들으리라 하면서, "하늘보다 더 높은 창/하나" 내어 "살아서는 세워 두고/죽어서는 눕혀 놓은/우리들의 작은 깃발"을 새기고자 한다. 그렇게 '우리들의 묘비명'을 새기는 것이 결국 시인 김종철의 '시'였던 셈이다.

이처럼 인간 실존의 의미와 '시'의 가치를 누구보다도 깊이 탐구해 온 그에게 뜻하지 않은 병마가 찾아왔다. 간단치 않은 위중한 병이라는 말이 들려 왔다. 하지만 그는 누구보다도 낙천적인 성정과 굳은 신앙으로 그 병과 잘 싸웠다. 췌장암 진단을 받았지만 일본으로 건너가 훌륭한 의사를 만나 병세가 호전된 것이다. 그 과정에서 그는 경기도 안성에서 주관하는 제8회 박두진문학상을 시집 『못의 사회학』으로 수상하였는데, 그때 시인은 다음과 같이 수상 소감을 적고 천천히 읽어 나갔다. 나는 시상식 현장에서 그 떨리는 음성을 감동적으로 들었다.

요즘 나는 시와 기도에 대해서 많은 생각을 하고 있습니다. 기도는 자신의 부족한 것에 대하여 채워 달라고 하는 겸손의 태도입니다. 마더 데레사는 하나의 인간으로 살아가며 할 수 있는 가장 현실적이고 실현 가능한 기적을 찾아가는 일이 기도라고도 했습니다. 그리고 그렇게 간절히 바라는 것을 깊이 있게 찾을 때에 비로소 삶의 기쁨을 찾을 수 있을 것입니다.

얼마 전 저는 뜻하지 않은 상황에 부딪혔습니다. 해마다 정기적으로 받는 건강검진에서 암 판정을 받은 것입니다. 앞으로 6개월에서 1년 정도가 나의 여명이라고 했습니다. 삶에 대한 무조건

무장해제였습니다. 울 수도 없었습니다. 그나마 최소 6개월이란 시간이 보장되어 있어 자신을 추스를 수 있는 시간이 있다는 것만으로도 다행이란 생각이 들었습니다. 절망의 순간에 저는 기도했고, 또 시만 생각했습니다. 그러자, 삶은 허투루 덮인 껍질을 벗고 아주 진실한 모습으로 다가왔고 기도하는 그 절실함이 저를 낮게 내려놓게 했습니다. 그러면서 나는 매일 기도하며 관조도 배웠습니다. 관조는 귀를 기울이는 기도였습니다.

제 시와 기도는 자기 자신에게서의 경청을 의미했습니다. 어떤 종류의 메시지에 대한 감수성도 아니고, 다만 자기 자신의 공허 안에서 당신의 메시지의 충만함을 깨닫기를 기다리는 묵상입니다. 오직, 그 누구도 아닌 자기 자신과 홀로 있게 하는 것입니다. 그래서 나의 기도와 시는 진정한 관조자에 이르는 길이며, 사랑으로 이르는 길이라는 생각을 해봅니다. 그 후 작은 기적도 보았습니다. 생각보다 빠른 치유로 당신의 큰 손을 느낄 수 있었습니다.

—「왜 기도는 나의 시이며 치유인가」 중에서

'시'와 '묵상'과 '기도'는 그의 삶에서 이미 하나였을 것이다. '기도'를 통해서만 겸손하게 가닿을 수 있는 신성하고 절대적인 그분 앞에서, 시인은 시와 기도의 일체화를 꿈꾸었다. 그리고 자신의 마지막 기도와도 같은 시편들이 가장 현실적이고 실현 가능한 기적을 찾아가기를 열망했다. 그렇게 '기도'와 '관조'와 '경청'과 '묵상'을 통해 그는 참으로 고요한 사랑에 이르는 길을 발견한 것이다. 끝끝내 완벽한 치유에 이르지는 못했지만, 그는 그렇게 고요하기만 했다. 그의 수상소감을 듣는 동안, 그와 짧게 이루었던 인연이 아름다운 결실로 나타나고 있음에 감사했다. 아득한 시간 저편의 일이다.

살아생전 김종철 시인은 스스로의 경험적 구체성을 통해 삶의 여러 속성을 탐구해 가는 과정을 낱낱이 보여 주었다. 여러 체험을 종과 횡으로 엮으면서 그 안에 다양한 전언과 방법과 음성을 진하게 녹여 내었다. 우리는 그의 시를 통해 사물들이 외따로 떨어져 있는 것이 아니라 서로 교감하고 상충하면서 존재한다는 사실을 알아가게 된다.

이때 사물과 언어는 비로소 세계 구성에 참여하면서 생성과 통합의 원리를 구축하게 된다. 그러한 바탕 위에서 시인은 자신의 시가 단순한 사물의 재현에 머무르지 않고 삶의 심연을 투시하게끔 희망하였다.

그러한 열망이 그의 시로 하여금 개성적 장관이 되게끔 해 준 것이다. 또한 그 개성은 삶에 대한 궁극적 긍정의 마음에서 찾을 수 있을 것인데, 한편으로 그것은 폐허가 되어 버린 세계에 대한 상징적 역상逆像으로 마련된 미학적인 것이기도 하다.

가장 절실한 원초적 의지를 내면화하면서 김종철 시인은 생명이 약동하는 모습 안에서 비극적 형상을 넘어서는 긍정의 순간을 포착하고 표현하였다. 우리가 이것을 '시적 순간'이라고 명명할 수 있다면, 서정시의 커다란 역할 가운데 하나가 바로 이러한 명명의 순간을 되살리는 것이라 해도 결코 틀리지 않으리라. 따라서 우리는 가장 선명한 기억 속에서 긍정의 마음을 체험하면서 인간이 인위적으로 정해 놓은 경계나 표지를 지웠을 때의 자유로움을 한껏 그려 가게 된다. 그리고 이러한 순간적 경험의 광휘를 김종철 시편에서 폭 넓게 발견하게 된다. 그 모든 것을 가능하게 한 것이 '못'의 확장과 심화 과정이었다고 할 수 있을 것이다.

유고시집에 담긴 '시인 김종철'의 커다란 뒤울림

우리가 읽어 온 것처럼 김종철은 구체적 사물에 대한 개성적 해석으로 한 편의 존재론적 드라마를 만들어 간 시인이다. 그는 자신의 언어를 근원적이고 궁극적인 차원으로 밀어 올려 가면서, 삶의 근원이자 궁극적 거처이기도 한 미학적 실재들을 구축해 간다. 소소한 목숨들을 통해 모든 존재자들이 내적으로 연결되어 있음을 노래하기도 하였고, 언어 생성과 더불어 존재 생성이 동시에 이루어지는 현장으로서의 삶을 지속적으로 보여 주기도 하였다.

그렇게 자신의 존재론적 기원을 상상하면서 어떤 신비와 초월의 힘으로 사물들을 연결해 가는 과정에서 우리는 수일秀逸한 그만의 사유를 읽을 수 있다. 그만큼 김종철 시인은 위기의 시대에 신성성을 품으면서도, 인간 존재의 보편성을 노래하면서 자신의 사유를 펼쳐 갔다.

그 안에는 자신에 대한 탐구와 우리 시대에 대한 발견의 순간이 있고, 사물끼리 벌여 가는 교응交應 과정을 통해 사유를 완결하려는 의지가 있고, 역동적 울림을 띠면서 서정의 미학을 완성하려는 남다른 시간이 출렁이고 있었다.

이렇게 풍부한 삶의 역리逆理를 담아내면서 시인은 예술적 자의식과 존재자들에 대한 한없는 애정을 여러 장면 여러 순간으로 기록해 갔다. 그래서 우리는 삶과 사물과 시대를 향한 시인의 따뜻하고 견고한 서정이 우리에게 역설적 경종이 되기를 소망해 본다.

특별히 가장 말년에 쓴 시편들은 우리를 울컥하게 하는 커다란 뒤울림을 가지고 있는데, 시인이 "이것저것 끌어 모아 시집을 낼까 두렵다"(「시인의 말 – 마지막 서문」)면서 흩어진 원고를 힘겹게 정리한 결과가 여덟 번째 시집으로 나온 것이다. 그것이 바로 그의 유고시집 『절두산 부활의 집』(문학세계사, 2014)이다.

아내와 함께
둘레길을 산책하다 보면

잔디로 잘 다듬어진 묏자리를 본다

아주 편안해 보인다

따라 눕고 싶어진다

이러면 안 되는데 싶다가

자주 뒤돌아서는 눈길

나도 때가 됐음인가

지상에서 받은 축복과

은혜도 갚지 못하고

이 풍진 세상

작은 봉분 하나로 우리를 챙기는 생애

먼 뻐꾸기 울음이 지나온 길을 끊는다

—「둘레길에서」 전문

몸과 마음을 버려야만 비로소 머물 수 있는 곳

아내의 따뜻한 손에 이끌려

용인 천주교 공원묘지와 시안에도 들렀다

내 생의 마지막 투병하는데

절두산 부활의 집을 계약했다고 한다

신혼 초 살림 장만하듯 아내와 반겼다

절두산은 성지순례로 가족과 들렀던 곳

낮은 나에게도 지상의 집을 사랑으로 주셨다

머리가 없는

목 잘린 순교의 산

오, 나도 드디어 못 하나를 얻었다

무두정無頭釘

부활의 집 지하 3층에서

망자와 함께 이제사 천상의 집 지으리라

　　―「절두산 부활의 집」 전문

　결국 시인은 사랑하는 아내와 삶의 마지막을 보냈다. 둘레길을 함께 걸으면서 "지상에서 받은 축복과/은혜"를 생각하였고, "작은 봉분 하나로 우리를 챙기는 생애"를 줄곧 떠올렸다. 그때 항상 아내는 곁에 있었다. 그야말로 "병실 유리창에 얼미친/한강의 두 눈썹 사이에 걸린/남편을 보며/애써 웃어 보이던 아내"(「언제 울어야 하나」)였다.

　그리고 그 아내는 사랑하는 남편의 마지막 유택을 마련한다. 뒤의 시편에는 '2014년 6월 22일 오후 7시 22분 연세 암병동에서'라는 창작 시공간이 밝혀져 있는데, 시인이 숨을 거두기 보름 전쯤일 것이다. 신혼살림 마련한 것처럼 유택을 마련하고 반기는 부부의 모습이 애잔하기만 하다. 그 사랑의 집에서 부활을 꿈꾸며 천상의 집을 지으려는 시인 곁에 그렇게 아내가 있었다.

결국 김종철의 첫 작품과 마지막 작품은 모두 '아내'와 연관된 것이었다. 첫 작품의 '아내'는 상상 속의 인물이었고 시인이 내내 그녀를 바라보았지만, 마지막 작품의 '아내'는 현실 속의 인물이고 이제는 그녀가 시인을 내내 바라보고 있다.

평생 시를 썼지만
돈 된다는 생각은 한 번도 없었지만
후배 시인은 집도 사고 생활도 꾸렸다
사양하지 못해 받은 원고료까지 셈하니
3개월 치 월급밖에 되지 못한
한 생애, 시를 살다 간다

투정도 하지 않고
한 줄에만 골몰하며
세상일 숙제하듯 내다보면서
평생 일천만 원 벌기 위해
수억 원 재능을 버린 나는

가족에게 시로 밥 한 끼 먹인 적 없다

시는
애써 외면할 수 있는 가난이었기에
이는 곧, 나다 외치고 싶지만
잘 가거라
끝내 팔리지도 읽히지도 않은
나에게 빚만 남겨 두고
떠나는 시여.
　―「평생 너로 살다가」 전문

시의 순례는 기다림 없이 기다려야 하는 자의 몫입니다
주님 한 해가 저물어 갑니다
지금 가진 사랑에 기도 드릴 시간입니다
다시 바람이 불고 나뭇잎이 모두 벗는 시간
　우리는 내의를 한 겹 더 껴입고 광야를 나설 것입니다
　―「시의 순례」 전문

　김종철 시인의 마지막 육성은 '시'를 향한 것이었다. 그는
평생 시를 썼지만 그것이 돈이 된다는 생각은 하지 못했다.

누구는 집도 사고 생활도 꾸렸지만 시인은 사양하지 못해 받은 원고료만 받고 "한 생애, 시를 살다 간다"고 했다. 한 줄에만 골몰하며 세상일 숙제하듯 내다보면서 써 온 시야말로 자신의 존재론이었던 것이다. 비록 가족에게 시로 밥 한 끼 먹인 적 없지만, 그에게 시는 애써 외면할 수 있는 가난이었기에 "이는 곧, 나다"라고 언제나 외칠 수 있었다.

그렇게 빚만 남기고 떠나는 '시'에게 전별餞別의 말을 건네는 김종철 시인의 빛과 빚이 유고시집 한복판에 함께 농을 치고 있다. 평생 지속된 그러한 '시의 순례'는 "기다림 없이 기다려야 하는 자의 몫"으로 남을 것이다. 한 해가 저물어 가듯이, 다시 바람이 불고 나뭇잎이 떨어지는 시간이 오면, 시인은 "내의를 한 겹 더 껴입고 광야를 나설" 또 다른 '시의 순례'를 준비하고 있을 것이다. '시인 김종철'의 유언遺言과도 같은 두 시편이 우리 마음을 한없이 파고든다.

우리가 알거니와 서정시는 시인 스스로의 삶을 탐구하는 자기 확인의 언어 예술이다. 산문으로 쓰이는 양식들이 세계의 면모를 직접적으로 파악하려는 태도가 강한 데 비해, 운문으로 쓰이는 서정시는 이러한 회귀 지향을 고유하게 견지해 온 역사를 가지고 있다. 그만큼 서정시는 시인 스스로의 삶을 탐구하는 실존적 결단 과정에서 생성되어 간다. 물론 이때 시인이 표현하는 회귀성이란 정신적 차원의 것이기도 하고 미학적 차원의 것이기도 하다.

　김종철 시인은 자신의 삶을 낱낱이 재현하는 데 머무르지 않고 그 시간을 해석해 가는 정신과 미학을 표현해 간다. 그에게 시간의 흐름에 대한 경험과 기억은 물리적 현상이 아니라 상징적 잔상으로 남아 있다. 그래서 그의 시에서 시간은 기억 속에서 구성되며 우리는 그러한 시간 경험에 따라 시인의 고유한 소망을 새삼 알아 가게 된다.

　김종철 시인은 지난날에 관한 기억들을 바탕으로 그리움의 시간을 재구성함으로써 이러한 자기 회귀의 서사를 펼쳐 내고 있는 것이다. 이를 통해 그는 스스로의 존재 확인을 가능케 하는 근원적 형상을 발견하고 표현하면서 회귀 지향의 정신과 미학을 그 안에 숨 쉬게끔 하고 있다.

　이제 김종철의 유고시집은 지상에 마지막으로 번져 가는 저녁노을처럼 아름다운 시집으로 남을 것이다. 그리고 유고시집에 담긴 '시인 김종철'의 커다란 뒤울림이 우리를 한동안 흔들 것이다. 이 유고시집을 마지막 벽돌 삼아 만든 그의 전집全集을 우리는 모두 품에 안고 있다. 아마 이 전집은 그가 지상에서 지었던 '전全 존재의 집'일 것이다. 문학수첩에서 품격 있고 아름답게 편집, 제작하여 한국 시전집의 범례範例로 남을 것이다. 그 전집에서 그가 남긴 시편들을 읽어 가는 내내, 그의, 그만의 웃음과 성정이 묻어 나올 것만 같았다.

따뜻한 영성을 세상에 노래한 서정시인

김종철 선생은 자신의 체험을 통해 가장 오랜 기억에 머물러 있는 시간과 공간과 그로 인한 파생적 감각을 부단하게 형상화해 왔다. 그 빽빽한 과정이 선생의 전집에 담겼다. 이러한 작업은 서정시의 대안적 방향, 가령 불모성과 실용주의적 기율에 대한 유력한 항체의 속성이 되어 줄 수 있을 것이다.

결국 김종철 선생은 시간의 적층積層을 탐구하고 근원 지향의 상상력을 추구하면서 세상과 맞섰다. 그 맞섬의 과정이 선생에게는 결국 '삶'이고 '시'가 아니었겠는가. 삶의 가장 구체적이고 뚜렷한 결실인 시를 통해 선생은 사라져 감으로써 기억을 남기는 존재자들을 노래하였다. 그것은 차분하고 관조적인 성찰적 성격이나 타자들을 향한 연민의 성격을 띠고 있어, 우리는 인간 존재를 향한 선생의 가없는 슬픔과 사랑의 순간을 만나게 된다. 따라서 선생의 시에서 슬픔이란 극복되어야 할 부정적 정서가 아니라 인간 존재의 보편적 조건으로 다가온다. 선생이 사물에 부여한 사랑 역시 마찬가지여서, 그것은 인간과 인간 사이 혹은 주체와 대상 사이에 개재하는 친화적 정서나 행위를 총체적으로 표상한다.

오래고 단단한 이름처럼, 김종철 선생은 이제 자신의 대표 브랜드가 되어 버린 '못'을 통해, '못'과 함께, 한국 시사에 뚜렷이 남았다. 물론 선생의 시편들은 '못'이 부여하는 날카로운 금속성을 훌쩍 넘어 한사코 따뜻한 영성의 세계로 진입해왔다. 그러한 영성의 에너지를 통해 인생론적 비밀을 노래한 시편들은 우리 시단에서 보기 드문 형이상학적 전율의 세계로 나타나기도 하였고, 강렬한 경험적 직접성의 토로로도 나타난 바 있다. 따라서 이러한 양극성 곧 형이상학적 영성의 세계와 경험적 구체성의 세계가 선생 시편들을 가장 이채롭게 남게 한 근인近因이었다고 말할 수 있을 것이다.

김종철 선생은 당대 시인들 가운데서도 단연 어린 나이에 등단을 했다. 우리 나이로 스물한 살에 쓰여 시단의 화제를 몰고 온 선생의 등단작 「재봉」은 아직 장가도 안 간 어린 시인이 썼다고 하기에는 그 성숙한 경험적 시선과 필치가 너무도 놀라운 것이었다. 일견 탐미적으로 보이기까지 한 그 상상적 풍경은 온통 부정적인 비관의 미학이 출렁이던 당대 시단에서 매우 이채로운 세계로 다가왔을 것이다.

여기서 작품의 세목을 일일이 거론할 겨를은 없지만, 나는 이 첫 시편이 김종철 선생을 이해하는 데 더없이 중요한 시사점을 주고 있다고 생각한다. 아직 태어나지 않은 마을의 하늘과 아이들을 위해 천사에게 주문 받은 아이들의 전 생애의 옷을 짜고 있는 아내의 손길에는 선생이 평생을 함께 살아왔던 아내를 향한 긍정과 감사의 마음이 담겨 있고, 사시사철 눈 오는 겨울의 은은한 베틀 소리가 들리는 아내의 나라에는 선생이 그렇게도 꿈꾸었던 천상의 고요가 순연하게 겹쳐 있지 않은가. 김종철 선생의 시편은 그렇게 '아내'에 대한 따뜻한 성정으로 시작되고 있었고, 바로 그 '아내'가 시인의 마지막 생애까지 동행을 한 것이다.

김종철 선생의 낱낱 작품들을 읽어 보면, 우리는 선생이 따뜻한 감성의 세례를 많이 받고 있음을 알 수 있다. 그러한 기운을 통해 인생론적인 비의祕義와 영성에 가닿으려는 신비로운 열정을 선생의 시가 가지고 있는 것도 발견하게 된다. 그만큼 선생의 시는 따뜻한 감성과 영성의 여과에 의해 이루어진 독창적인 세계이다. 그리고 거기에 밀도 있는 지적 집중의 과정이 얹혀 있는 것이다.

그렇게 선생은 소소한 일상에서부터 현실이나 영성을 다룰 때에도 지적 치열성을 놓치지 않았다. 그리고 불필요한 이미지의 나열이나 장황한 서술을 혐오하면서 낱낱 시편들로 하여금 빼고 더할 게 없는 완결된 시상詩想을 구축하였다. 이 모든 것이 선생으로 하여금 근원적인 삶의 이법을 응시하되 지적 치열성을 배음背音으로 하는 시인이 되게끔 만들어준 것이다.

유고시집 『절두산 부활의 집』은 이러한 속성을 전형적으로 보여 주는 뜻깊은 사례이다. 선생은 어쩌면 까맣게 사라지거나 잊힐 수도 있었던 자신의 마지막 기억들을 이 시집 안에 붙잡아 두었다. 그리고 자신만의 마지막 사유와 감각을 통해, 우리가 가닿아야 할 궁극적이고 근원적인 성찰의 몫을 심미적으로 나누어 주었다. 그 점에서 선생은 생의 마지막 순간까지 그 무엇보다도 '시인'이고자 했다. 그 사유와 감각으로 형상화한 시간의 흔적과 무늬가, 선생의 심미적 언어에 실려 지금도 잔잔히 출렁이고 있지 않은가.

근원 지향의 마음을 바탕으로 하여 자신의 말년을 우리에게 애틋하고도 아름답게 보여 준 세계를 외경畏敬으로 바라보면서, 나는 후배의 한 사람으로서, 이 유고시집이 경의에 값

하는 김종철만의 성취라고 고백해 본다. 그래서 그것은 지상에 마지막으로 번져 가는 저녁노을처럼 아름다운 시집으로 우리 시사에 남을 것이다.

김종철 선생에게 '시'와 '기도'는 이미 하나였을 것이다. 자기 자신을 홀로 있게 하는 것으로서의 '시'와 '기도'로써 선생은 사랑의 가장 궁극적 의미에 가닿았다. 그 시간이 몹시 그립고 또 애잔하고 아득하게 다가온다. 이제 그렇게 경험적 구체성과 형이상학적 영성의 세계를 통합하려 했던 시적 생애를 내려놓고, 선생은 평안한 영생으로 들어갔다.

이제 10주기를 맞아 우리는 선생의 시에 나타난 아름다운 기억을 매개로 한 시간 형식이 그가 평생 지켜 온 고전적 원리라는 것을 새삼 깨닫게 된다. 아닌 게 아니라 선생의 시에는 서로 이질적이고 심지어는 대립적이기까지 한 속성들이 자연스럽게 결합하여 출렁이고 있을 때가 많다. 만남과 이별, 삶과 죽음, 소멸과 생성의 원리가 한 몸으로 나타난다.

한 편의 시 안에 비극적 서사가 형상화되어 있는 경우에도 그것은 오히려 역설적 희망을 떠올리려는 의지를 암시할 때가 많고, 현실로부터 낭만적 초월을 감행할 때에도 무책임한 도피가 아니라 현실을 해석하고 기대지평을 암시할 때가 자주 있다. 그렇게 김종철 선생의 시에는 서정시의 원형이라고 할 수 있는 상상적 고투의 시간들이 농밀하게 녹아 있다.

　우리가 한 편의 서정시를 쓰고 읽는 것은 그 안에 구현된
세계에 순간적으로 동참하는 일일 뿐만 아니라 자신의 사유
와 감각에 새로운 윤기와 촉기를 부여해 가는 신생의 작업이
기도 할 것이다. 그러한 사유와 감각은 지속적으로 삶을 규
율하기보다는 나날의 순환성과 무의미성에 인지적, 정서적
충격을 가하면서 우리 스스로를 들여다보고 치유해 갈 신생
의 에너지를 부여하는 데 커다란 존재 의의가 있을 것이다.
　우리는 그러한 동참과 신생의 순간을 김종철의 시에서 읽
는다. 미처 인지하지 못했던 것을 경험하면서 스스로의 사유
와 감각에 미학적 광정匡正 효과를 수반하게 된다. '남은 자the
remnants'들의 목소리를 들려주는 역할을 선생의 시가 힘겹게
수행해 온 것을 감득하게 된다. 결국 우리는 김종철 선생의
시를 통해 미세하게 들려오는 신성의 목소리를 들으면서 흔
치 않은 감동에 다다르게 된다.
　이제 우리는, 오래도록 선생의 시편이 널리 읽혀지면서,
선생이 한국 시의 형이상성을 한 단계 높인 시인으로 기억되
고 기록되기를, 오랜 시간의 믿음으로 바라게 된다. 그리고
김종철 시의 매혹을 답사踏査한 이 누추한 발문跋文을 딛고, 다

시 선생과 선생의 시를 기억하는 일을 착실하게 해 나가리라
다짐하고 또 소망해 보게 된다.

- 1947년 2월 18일(음력) 부산시 서구 초장동 3가 75번지에서, 김해 김씨 김재덕金載德과 경주 최씨 최이쁜崔入粉 사이 3남 1녀 중 막내로 출생.

- 1960년 부산 대신중학교 입학.

- 1963년 부산 배정고등학교에 문예 장학생으로 입학.

- 1968년 『한국일보』 신춘문예에 시 「재봉」 당선. 시인 박정만과 함께 박봉우, 황명, 강인섭, 이근배, 신세훈, 김원호, 이탄, 이가림, 권오운, 윤상규 등이 참여한 '신춘시' 동인에 참여. 김재홍과 교우 시작. 3월 미당 서정주가 김동리에게 적극 추천하여 문예 장학 특대생으로 서라벌예술대학 입학.

- 1970년 『서울신문』 신춘문예에 시 「바다 변주곡」 당선. 3월 입영 통지서를 받고 논산 훈련소로 입대함.

- 1971년 베트남전에 자원해 참전. 백마부대 일원으로 깜라인 만과 냐짱에 배치받음.

- 1975년 1월 진주 강씨 강봉자姜奉子와 결혼. 첫 시집 『서울의 유서』 (한림출판사) 상재. 첫딸 은경 태어남. 이탄, 박제천, 강우식, 이영걸, 김원호 등과 '손과 손가락' 동인 결성.

- 1977년 둘째 딸 시내 태어남.

- 1984년 두 번째 시집 『오이도』(문학세계사) 상재. 동인 '손과 손가락' 을 '시정신詩精神'으로 개명함. 정진규, 이건청, 민용태, 홍신선, 김여정, 윤석산이 새로 참여함.

- 1989년 7월 김주영, 김원일, 이근배 등과 함께 국내 문인 최초로 백두산 기행. 12월 어머니 별세.

- 1990년 세 번째 시집 『오늘이 그날이다』(청하) 상재. 제6회 윤동주문학상 본상 수상.

- 1991년 11월 도서출판 문학수첩 창사.

- 1992년 네 번째 시집 『못에 관한 명상』(시와시학) 상재. 제4회 남명문학상 본상 수상.

- 1993년 제3회 편운문학상 본상 수상.

- 1997년부터 1998년까지 평택대학교 출강.

- 1999년 이탈리아 시에나 대학교의 문고 시리즈로 영문시집 *The Floating Island* (Edition Peperkorn) 출간.

- 2000년 중앙대학교 예술대학에서 제3회 자랑스러운 문창인상 수여.

- 2001년 다섯 번째 시집 『등신불 시편』(문학수첩) 상재. 제13회 정지용문학상 수상.

- 2002년부터 2004년까지 모교인 중앙대학교 문예창작과 겸임 교수 역임.

- 2003년 봄 종합 문예 계간지 『문학수첩』 창간. 김재홍, 장경렬, 김종회, 최혜실이 초대 편집위원을 맡고, 권성우, 박혜영, 방민호, 유성호가 2대, 김신정, 서영인, 유성호, 정혜경이 3대, 고봉준, 이경재, 조연정, 허병식이 4대 편집위원을 맡음. 2009년 겨울호(통권 28호)로 휴간함.

- 2004년부터 2006년까지 경희대학교 일반대학원에서 겸임 교수 역임.

- 2005년 형 김종해와 함께 형제 시인 시집『어머니, 우리 어머니』(문학수첩) 상재. 7월 평양에서 열린 남북작가회의에 부의장 자격으로 참석.

- 2009년 여섯 번째 시집『못의 귀향』(시와시학) 상재. 제12회 한국가톨릭문학상 수상. 시선집『못과 삶과 꿈』(시월)을 활판 인쇄 특장본으로 상재함.

- 2011년 봄 시전문 계간지『시인수첩』창간호 발간.『문학수첩』을 이어 통권 29호로 발간. 장경렬, 구모룡, 허혜정이 초대 편집위원, 김병호가 편집장을 맡음. 2대 편집위원은 구모룡, 김병호, 문혜원, 최현식이 맡음. 한국가톨릭문인회 회장으로 추대됨. 국제펜클럽 한국본부 이사로 선인됨.

- 2012년 한국작가회의 자문위원, 한국시인협회 심의위원장 역임.

- 2013년 일곱 번째 시집『못의 사회학』(문학수첩) 상재. 한국가톨릭문인회 창립 이후 50년 만에 첫 무크지『한국가톨릭문학』발간. 7월「한국대표 명시선 100」의 하나로『못 박는 사람』(시인생각) 상재. 제8회 박두진문학상 수상.

- 2014년 한국시인협회 회장으로 추대됨. 한국저작권협회 이사 역임.
  제12회 영랑시문학상 수상.

- 2014년 7월 5일 암 투병 끝에 67세를 일기로 세상을 떠남.

- 2014년 10월 유고 시집 『절두산 부활의 집』(문학세계사) 상재.

- 2016년 7월 2주기를 기려 『김종철 시전집』(문학수첩) 상재.

김종철 시인의 작품 세계 05
김종철 시의 매혹

초판 1쇄 인쇄 2024년 6월 20일
초판 1쇄 발행 2024년 7월 5일

지은이 | 유성호
발행인 | 강봉자, 김은경

펴낸곳 | (주)문학수첩
주소 | 경기도 파주시 회동길 503-1(문발동 633-4) 출판문화단지
전화 | 031-955-9088(마케팅부), 9530(편집부)
팩스 | 031-955-9066
등록 | 1991년 11월 27일 제16-482호

홈페이지 | www.moonhak.co.kr
블로그 | blog.naver.com/moonhak91
이메일 | moonhak@moonhak.co.kr

ISBN 979-11-93790-17-5 03810